原汁原味 诗作记游

诗作记游

◎ 李文华 李欣荣 著

内蒙古人民出版社

图书在版编目(CIP)数据

诗作记游 / 李文华, 李欣荣著. -- 呼和浩特 : 内蒙古人民出版社, 2022.12

ISBN 978-7-204-17327-3

Ⅰ. ①诗… Ⅱ. ①李… ②李… Ⅲ. ①诗集-中国-当代 Ⅳ. ①I227

中国版本图书馆 CIP 数据核字(2020)第 220824 号

诗作记游

作　　者　李文华　李欣荣
责任编辑　王　曼
封面设计　安立新
出版发行　内蒙古人民出版社
地　　址　呼和浩特市新城区中山东路 8 号波士名人国际 B 座 5 楼
网　　址　http://www.impph.cn
印　　刷　内蒙古恩科赛美好印刷有限公司
开　　本　710mm×1000mm　1/16
印　　张　23
字　　数　146 千
版　　次　2022 年 12 月第 1 版
印　　次　2023 年 8 月第 1 次印刷
印　　数　1—2000 册
书　　号　ISBN 978-7-204-17327-3
定　　价　69.00 元

如发现印装质量问题,请与我社联系。联系电话:(0471)3946120　3946173

序　言

流水年华已古稀，书海勤耕不停笔。
一生光阴相伴纸，兴趣爱好常写诗。
旅游见闻作诗记，有感而发抒胸臆。
唯有文字可传世，人生经历留记忆。

这首小诗是对我一生志趣的概括和总结。本人从教多年，一生相伴纸墨，吟诗作诗成乐趣。退休后，最大的兴趣是爱好旅游。在子女的陪同下，游览过祖国的大山名川、古村、古镇、老街、老城。耳闻轶闻往事，目睹名胜古迹，有感而发，游记通过诗歌的形式写出来，可谓是“诗作记游”。全书十三集，六百三十九首诗，概括了各景点各地域主要特色，也反映了本人眷念故土，对亲人、同学、朋友的思念。同时，谨以此诗集敬献给爱好旅游的同仁，希望能乐见，作为旅游索引，更好地体会祖国各地的文化，领略祖国的风光。

古体诗作为中华文学的重要体裁，可以叙事、写景、抒情，言白。千百年来为广大人民群众喜闻乐见，也涌现出无数诗人大家，各领风骚。但近年来，随着社会发展，新载体、新平台不断出现，古体诗的写作不断被淡化。作为中华民族后人，我们有责任继承发扬。本诗集虽然仿效七言体诗，但离格律要求差距较大，几近“顺口溜”，浅显易懂。本人的目的是能引起爱好者的共鸣，抛砖引玉，和大家一起努力，丰富中华文学宝库，让古体诗这块瑰宝继续发光。

在写作过程中，李欣荣为素材收集、整理编辑做了大量工作，并共同完成诸篇诗歌的写作，也是本诗集的作者之一。

本人以薪水养家，没有什么资产留给子孙，

仅以此诗作传世于后代，希望后人秉承祖训祖风，好好读书，报效国家，也算是：虽无厚产堪遗后，尚有诗篇育子孙。也是一种欣慰。

值新中国开启实现第二个百年奋斗目标之际，谨以此作品作为献礼，祝祖国繁荣昌盛。

作者：李文华

2022 年 3 月 16 日

目　录

第一集

吴越水乡

——安徽　浙江　江苏　上海

诸葛古村 （浙江省兰溪市）

九宫八卦诸葛村，静卧丘陵位高隆。
十八塘池十八井，鱼形钟池建在中。
青砖灰瓦四千人，蜀相孔明是祖宗。
淡泊宁静诫子书，教育后人有传统。

明月湾村 （江苏省苏州市）

西山岛上赏月望，明月湾村喝果浆。
先人避战且逃荒，此地定居年头长。
祖训遇事多商量，红茶绿茶了事方。
乡规民约如纲常，和睦共生续新章。

屏山古村 （安徽省）

穿村溪水称吉阳，九弯十曲水流淌。
屏山舒家居久长，八代延住有庆堂。
孝子牌坊名传扬，侍奉父母成风尚。
大人小孩互礼让，百岁老人心舒畅。

新叶古村 （浙江省建德市）

新叶古村是宝地，文昌阁行开笔礼。
抟云古塔象毛笔，叶家第一出进士。
勉尔曹句劝学习，族人读书受奖励。
自古读书头等事，读书修身可励志。

李宅古村 （浙江省仙居县）

李宅村人重修身，为官清廉不染尘。
十训八诫管族人，男女老少守本分。
合家吃饭世传承，村民外出不锁门。
康乐和亲家声振，乐善好施宗族盛。

杨家堂村 （浙江省松阳县）

三面环山流一溪，杨家堂村多林地。
拜树为娘记恩赐，家规十条治宋氏。
宋氏家族出仁医，草药治病驱瘟疫。
仁爱之心怀心里，勤俭持家做义事。

龙宫古村 (浙江省宁海县)

龙宫流入三条溪，高耸入天树义旗。
两朝五帝加封赐，义门陈氏遍各地。
儿童要行启蒙礼，育英学院教子弟。
岔路义眼作标记，义字当头行义事。

荻浦古村 (浙江省桐庐县)

富春江南流长溪，荻浦村居申屠氏。
敬老节日摆宴席，奉老犹如敬天地。
千年古井孝传递，母慈子孝有根基。
孝子牌坊天子赐，孝子故居有福气。

芙蓉古村　（浙江省永嘉县）

芙蓉村依楠溪江，七星八斗寄厚望。
科甲及第上金榜，十八金带挂画像。
芙蓉书院声琅琅，族人读书要嘉奖。
读书成才济世长，古村自古文运昌。

苍坡古村　（浙江省永嘉县）

苍坡古村人姓李，邻村方巷哥哥立。
同父同母亲兄弟，望兄情谊连接季。
方巷宗祠是兄祠，两村李氏要先祭。
水月堂里寄哀思，兄弟同心难分离。

周铁古村 （江苏省宜兴市）

周铁古村依太湖，村里百姓爱读书。
积钱不如有书读，院士教授村中出。
古村办学施义务，爱心助学成制度。
银杏千年根蒂固，读书传家有前途。

大陈古村 （浙江省江山市）

大陈古村居汪氏，孝德传家有故事。
继母如母面认子，荷包蛋面含母慈。
修谱不忘珍谱牒，先祖挂像祠堂祭。
孝德永彰世传递，移孝作忠出烈士。

河阳古村　(浙江省缙云县)

河阳古村朱家院，家规祖训有期盼。
唯有清白传家远，钱财亦聚亦能散。
朱氏为官求清廉，荷叶莲花作标杆。
百亩荷塘看不断，清白家风世代传。

渚口古村　(安徽省祁门县)

渚口古村青山依，三面环水清见底。
贞一堂上有贞一，徽州民国第一祠。
一府六县古宅第，常生好人做好事。
心行教养合一体，教子教孙须教义。

独山古村 （浙江省遂昌县）

孤峰独立冠群山，独山古村傍江岸。
叶氏族人居一半，世代崇学和向善。
府第宅院出好官，牌坊褒奖叶以蕃。
显祖进村多劝学，岩壁题诗后世传。

荻港古村 （浙江省湖州市）

荻港古村沿河建，河港纵横可行船。
总管堂祭三总管，积善家风代代传。
园林书塾名积川，县官辞官任教官。
二十里路铺石板，章吴两家齐向善。

前童古村　(浙江省宁海县)

前童村依慧明寺，童姓族人聚居地。
小桥曲径流白溪，粉墙黛瓦古色气。
三宝制品老工艺，元宵行会孝传递。
着衣亭里脱官衣，孝顺头发周岁剃。

斯宅古村　(浙江省诸暨市)

斯宅村傍东白湖，台门大院千柱屋。
家庙学堂合一处，阴阳井里通先祖。
先祖冒死能救父，孝感圣心祸变福。
门窗墙头刻孝图，一言一行孝父母。

三门源村 （浙江省龙游市）

三门源村碧溪淌，翁叶两姓隔水望。
世代同为一水养，石桥连通可来往。
东西两岸互建房，邻里和睦互礼让。
不分姓氏互帮忙，一起祭祖迎徐王。

东明古村 （浙江省金华市）

东明流过白麟溪，村民千余皆郑氏。
义门同居十五世，同心堂里一起吃。
浦阳三郑仁义里，散尽家财施救济。
郑氏家规倡导义，见义勇为有勇气。

陆巷古村 （江苏省苏州市）

太湖之滨立陆巷，江南富庶花果乡。
果农四季采摘忙，教子读书从未忘。
书包翻身寄厚望，进士及第升宰相。
学界泰斗莫厘王，世人重教争效仿。

仁里古村 （安徽省绩溪县）

登源河畔立仁里，千秋家园讲仁义。
程氏大户八兄弟，仁义善举留故事。
忍先堂壁镌忍字，温良俭让行仁礼。
互帮互助解难题，仁爱之风漫绩溪。

许　村　（安徽省歙县）

许村世代住许氏，户户相连有十里。
先祖居官明大义，禁贪一分和一厘。
墙里胡氏做公益，让出水井义变利。
学做好人义传世，一门连出五博士。

城北社区　（江苏省泰州市）

青砖麻石古街巷，城北社区孝发扬。
婆媳同睡一张床，侍奉晨昏人效仿。
老人堂里孤寡养，方便老人路砖响。
孝德永彰立牌坊，四世同堂很寻常。

嵩溪古村　(浙江省浦江县)

嵩溪穿村群山护，小路一道可进出。

四教坊里画墨书，水墨调和从小熟。

远山近水出杰作，题诗赠画成习俗。

嵩溪诗社对诗赋，吟诗作画添乐趣。

乌　镇　(浙江省桐乡市)

半陆半水木质房，水阁下面水流淌。

枕水而睡闻划桨，水上集市早赶场。

三白酒醇皇家尝，两豆瓣酱香四方。

昭民书院脉发祥，乌镇后世出巨匠。

三河古镇 （安徽省肥西县）

三河古镇巢湖西，原是沙洲一高地。
鹊渚美称寓诗意，三县古桥闻鸡啼。
石柱石鼓石狮子，和尚故事编成戏。
门口门灯写姓氏，商家牌匾值金字。

千灯古镇 （江苏省昆山市）

河街相邻巷陌深，小桥流水连千灯。
延福寺中立秦峰，石板路下闻水声。
顾氏炎武节忠贞，满门忠烈敢牺牲。
心系国家扎下根，为国为民担责任。

南浔古镇 （浙江省北部）

南浔昔日超富庶，四象[①]财富超国库。
象首建楼收藏书，宅连园林是大户。
百楼依水枕水居，借天让地留有余。
丝盐贸易出巨富，行善举义世代顾。

注释①：“四象”，古时当地人将富户称为“象”，“四象”指当地四户富有人家。

同里古镇 （江苏省东部）

水道分镇七岛离，四十九桥连一体。
走过三桥来吉利，拆字改名少缴米。
秀才聪明能救急，富土变更称同里。
退思园林寓深义，知进知退解难题。

漆桥古镇 （江苏省西部）

木桥施漆成漆桥，千年走来聚成镇。
江南孔氏成名门，家规祖训留遗风。
敢闯大营是书生，冒死救人不顾身。
将军寺庙香火盛，抗日将士尊功臣。

西塘古镇 （浙江省嘉兴市）

千年西塘水流淌，九溪交汇镇兴旺。
古镇沿河修建房，江南烟雨走长廊。
七老爷敢私放粮，冒死救民赈灾荒。
行善之风漫西塘，善行义举带远方。

黄桥古镇 （江苏省泰兴市）

古镇面海南临江，圈门座座似铜墙。
外敌入侵敢抵抗，无畏进取敢担当。
王良抗倭死沙场，勒石永遵碑流芳。
新四军来保家乡，黄桥烧饼慰劳忙。

岩头古镇 （浙江省永嘉县）

楠溪江水分陌街，岩头布局绕水堰。
水养沃野灌良田，街水相依好空间。
立寨抗元晒素面，八百义士跳崖巅。
义渡义茶延千年，水亭祠内诵经典。

桃花潭镇 （安徽省南部）

古镇桃花无十里，万家酒店主万氏。
桃花潭水深千尺，李白汪伦重情谊。
义门义族皇家赐，赈灾救民捐粮食。
潭水千年传义字，人人互帮成地义。

慈城古镇 （浙江省宁波市）

慈湖孝井慈水淌，千年慈城慈孝乡。
董黯挑水事传扬，母慈子孝成榜样。
孝敬父母人效仿，抱子走桥盼健康。
敬老爱幼慈心肠，慈孝之风漫古巷。

龙门古镇　（浙江省杭州市）

绕镇流过两条溪，富阳龙门群山里。
古镇居民多孙氏，孙权后裔聚居地。
义门义民立宗祠，孙钟奉瓜传故事。
施济救急善德积，换来江山三得一。

河下古镇　（江苏省淮安市）

城在河下水悬浮，河下镇有英雄谱。
巾帼红玉一身武，黄天荡围金兀术。
齐王韩信胯下辱，隐忍才能立丈夫。
古镇近代出伟人，青史留名榜样树。

万安古镇 （安徽省休宁县）

万安老街临河建，河水绕镇流向前。
镇在黄山白岳间，八山一水半分田。
人避战乱迁万安，地少人多不能闲。
田里套种能增产，精耕细作难题解。

沙溪古镇 （江苏省太仓市）

沙溪古镇在太仓，纵横密布是河网。
老街蜿蜒三里长，店铺林立百业旺。
仲淹领修七浦塘，乐荫园里续书香。
弄堂邻里互退让，狭长窄巷变宽巷。

枫泾古镇　（上海市西南部）

吴根越角枫泾镇，水乡石桥早先醒。

白牛改称清风泾，人有气节自有品。

救世内相拒人情，后人效仿有明镜。

天下无道可退隐，宁守清贫度光阴。

窑湾古镇　（江苏省新沂市）

三面环水窑湾镇，半夜开市满街灯。

运河商都繁华盛，上海小呼美誉称。

纡青不顾毁前程，查禁烟土守根本。

勇于担责窑湾人，保家卫国敢牺牲。

新市古镇 （浙江省德清县）

朱泗开渠谋生计，新市从此有生机。
洋溪引水砌石堤，河道挖通解难题。
京杭运河来活力，商船如织水街依。
千年古镇出第一，实干方能做成事。

东浦古镇 （浙江省绍兴市）

小镇黄酒醇芳酿，东浦十里闻酒香。
越人外柔内含刚，越甲三千让吴亡。
陆游浪漫又狂放，家国情怀叙衷肠。
绝笔留在东浦堂，一生思念战沙场。

善琏古镇　（浙江省湖州市）

蒙溪流水绕古镇，善琏制笔可谋生。
笔祖蒙恬笔头扔，意外收获喜万分。
笔工制笔技一门，湖笔求精集大成。
退笔成冢持以恒，匠心坚持笔业盛。

古堰画乡　（浙江省丽水市）

绿水穿镇流向前，青山交错依古街。
惠民工程通济堰，千年分流灌良田。
欧江水畔树参天，水中倒影如画片。
古堰画乡山水间，人与山水处和谐。

安丰古镇 （江苏省东台市）

石板街路七里长，安丰古时制盐场。

煮海烧盐火热烫，偷闲一刻是乘凉。

东淘改名称安丰，范公善举事传扬。

民安物丰商贾忙，以善立人千年讲。

上海老街厢 （上海市）

老街厢有老城墙，原是上海初模样。

豫园曲桥庙城隍，弯曲绵延老弄堂。

昔日水患让人慌，疏浚才有黄浦江。

老街厢屋不宽敞，留下记忆在珍藏。

屯溪老街　（安徽省黄山市）

三条大街十八巷，屯溪老街早经商。
石桥坚固横跨江，八家商栈在延长。
千年留下老号样，前店经营后作坊。
义利分清怡新祥，上等好茶慢品尝。

高淳老街　（江苏省南部）

青瓦白墙一连贯，高淳老街金陵南。
老街市井多货栈，苏南皖南货集散。
民风淳朴有义胆，国家有难勇于担。
新四军来是夜半，三千子弟送军参。

苏州状元街 （江苏省苏州市）

平江路有状元街，街河并行沿向前。
古桥古井古书店，粉墙黛瓦旧容颜。
评弹古曲吴侬言，诗书礼易传千年。
状元府第相会面，翰墨风雅又重现。

卢宅老街 （浙江省东阳市）

卢宅老街多牌坊，卢家故事在传扬。
还珠古亭往事讲，拾珠不昧心善良。
百工之乡在东阳，竹编木雕多工匠。
守住本心守行当，木雕之都获金奖。

川沙老街　（上海市浦东新区）

川沙老街在浦东，昔日倭寇常侵犯。
乔镗筑城务实干，百姓人人搬来砖。
三刀一针很广泛，泥刀敢闯上海滩。
万国建筑川沙揽，名声大噪江两岸。

龙泉西街　（浙江省龙泉市）

龙泉宝剑称第一，西街铸剑几千年。
冶子十年磨一剑，好剑千锤又百炼。
龙泉火土出青瓷，哥窑烧制听开片。
烧瓷技艺比耐力，浴火而生心要坚。

惠山千年祠堂街 （江苏省无锡市）

惠山千年祠堂街，八十姓氏祭祖先。

华孝子祠孝子匾，一代名臣范仲淹。

惠山泉水水清冽，《二泉映月》二胡演。

钱氏六人是顶尖，导弹之父在中间。

湖州小西街 （浙江省湖州市）

西苕溪水向东流，西街无喧无浮躁。

清代文人钮福保，百坦百坦① 状元考。

孟頫书画选笔毫，湖笔成为文房宝。

湖州丝绸质量好，誉满天下海外销。

注释①：百坦是当地方言，意思是慢慢来，不要着急。

镇江西津渡　（江苏省镇江市）

镇江古街西津渡，长江下游古京口。
街长千米小码头，隔江相望是瓜洲。
江水湍急有险流，过街石塔必经路。
水上救生历史久，千年相助又互守。

松阳南直街　（浙江省丽水市）

南直老街在松阳，先民谋生多垦荒。
竹笼筑堰筑成墙，白龙堰水养一方。
寺庙读书借灯光，山里乡间劝学忙。
乡试夺魁砍柴郎，苦读成名立牌坊。

扬州东关老街 （江苏省扬州市）

富甲天下是扬州，河江连通水共流。
春风十里扬州路，京杭运河经东头。
东关老街双忠祠，庭芝怒斥宋太后。
自清铮铮有铁骨，不食美援施舍粥。

南京记事

南京古时常换王，六朝建都皆不长。
建文皇帝命渺茫，太平天国短命亡。
中华门墙留弹伤，日寇屠城欠血账。
百万雄师过大江，总统府上红旗扬。

苏州览景

水城苏州似天堂，园林景观名声扬。
寒山寺钟依旧响，虎丘斜塔立夕阳。
双河护城固若汤，舒朗淡雅古街巷。
流水小桥连成网，人家枕河有别样。

杭州西湖

西湖乘舟话许郎，雷峰塔下压白娘。
岸边庙宇供岳王，秦桧夫妇跪两旁。
水中断桥分阴阳，白堤苏堤树成行。
三潭印月印钞上，良臣治湖政绩长。

上海印象

南京路上生意忙，浦东高楼排成行。
十里外滩黄浦江，车水船龙景千象。
中共一大留会场，红色观光人瞻仰。
百年岁月历沧桑，上海发展大变样。

绍兴古城 （浙江省东部）

绍兴古城是水乡，戢山河水绕街淌。
四街连着六弄巷，千年走来闻书香。
状元进士冠金榜，三槐堂里出良相。
羲之书法天下仿，鲁迅元培是脊梁。

歙县古城 （安徽省南部）

歙县古城年代长，县治府治一城墙。
徽州古道造福乡，读书经商两不忘。
学子科考上金榜，地灵人杰出徽商。
巨商雪岩名声扬，行知教育树榜样。

歙县古城怀古

南门谯楼连府衙，城内住着百姓家。
昔日名门留字画，商贾巨富成佳话。
朱子格言传天下，行知教育贡献大。
黄山毛峰新制法，民宿下榻慢品茶。

定海古城 （浙江省东部）

定海山匾康熙文，定海古城向海生。
英雄战死同归域，几百年来忠骨闻。
昔日渔村今繁荣，百姓富裕又安稳。
国家强盛享太平，千里海防钢长城。

台州古城 （浙江省东部）

一水绕城城坚固，台州古城早设府。
老街里坊分块住，市井繁华多店铺。
文教兴盛陋习除，郑虔三绝画诗书。
丹心铁骨英雄出，豪杰群中有杜浒。

盐官古城（浙江省东北部）

钱江潮起海盐生，依潮而兴盐官城。

七十二巷三大街，千年相伴海涛声。

前任治水留下坟，兆岳修塘成功臣。

素练横江万马腾，游人只观落与升。

盐官古城怀古

盐官海潮汹涌起，永绝潮患固海堤。

雍乾父子同碑题，固若金汤四十里。

历代变革图新治，潮生潮起换人世。

弄潮儿向涛头立，红旗不湿争第一。

说　潮

盐官城中闻海涛，雷霆万钧似地摇。
五大城门四吊桥，泾渭分明交叉潮。
为绝潮患祭天祷，雍正修建海神庙。
不是银塘万众修，海潮袭来恐难逃。

安徽记事

亳州地灵出人杰，三国曹操大任担。
秦晋交战在淝水，草木皆兵秦军乱。
黄山特有迎客松，雨打风吹腰不弯。
松石云雾皆奇观，黄山归来不观山。

如皋古城　（江苏省东部）

苏州过河望如皋，老街老巷老文庙。
千年古刹香火绕，晨读孩童起床早。
教育优先校先造，集贤文化多熏陶。
如皋天水养寿高，人行善事不图报。

兴化古城　（江苏省中部）

古街古宅古县衙，兴化人兴吃早茶。
四十七匾牌楼挂，板桥三绝诗书画。
上池斋住医世家，驱疫治病活菩萨。
仲淹县令任兴化，造福一方名天下。

赞进博会 （上海市）

去年参加进博会，初次见面喜相逢。
今年展品成倍增，亮眼科技机器人。
欧洲飞来马克龙，中法合作要加深。
各国皆须敞开门，自由贸易更上层。

金华古城 （浙江省中西部）

金华古城在浙江，三江两山富庶乡。
古子城中留时光，保宁铜门固若汤。
宗泽征战树榜样，金华火腿成军粮。
八咏楼上闻书香，文人志士诉衷肠。

亳州古城　（安徽省北部）

亳州古城涡河畔，药材之都货集散。
种药采药成习惯，规模经营大发展。
麻沸散药亳州产，名医华佗故事传。
亳人厚道行为端，遇事做事天地宽。

寿县古城　（安徽省中西部）

八公山下筑城墙，寿县古城固若汤。
洪水袭来人不慌，封门能够控水量。
三条大街六条巷，成语典故刻画像。
孙公留下安丰塘，江淮成为大粮仓。

高邮古城 （江苏省中部）

东方邮都因邮生，运河边上立古城。
高邮策马忙接任，邮传不停分秒争。
东西双塔有名声，南北楼台望远程。
千余墨客来文人，四千华章留脉根。

杭州古城怀古

杭州古城原临安，南宋建都依傍山。
西湖歌舞解心宽，早忘中原能收还。
奸相秦桧生事端，诬陷岳飞想谋反。
风波亭里飞含冤，忠臣难当实在难。

嘉兴古城 （浙江省北部）

嘉兴南湖停红船，红船自此启扬帆。
烟雨楼上风雨观，中共一大思想传。
古城前人肯实干，民族工业织摇篮。
吃饭要吃稻米饭，创业做事无惧难。

南通古城 （江苏省南部）

南通古城原沙洲，长江北岸临海口。
塔庙寺街水码头，濠河抱城千年流。
煮海烧盐成富有，海运贸易拓展路。
教育实业不落后，弄潮江海通则久。

芙蓉楼寻古 （江苏省镇江市西北）

烟花三月到访吴，芙蓉楼上去寻古。
昌龄留诗出肺腑，一片冰心在玉壶。
登楼向西望京都，多少往事如云浮。
吴宫衣冠早成土，只有明月照如故。

滁州往事 （安徽省东部）

滁州古城四面山，酿泉清冽水潺潺。
五代干戈生战乱，大宋一统才平安。
《醉翁亭记》千年传，欧阳太守好清官。
五谷丰登游人玩。与民同乐醉中还。

文木山房故事　（安徽省全椒县）

安徽全椒吴敬梓，文木山房留故事。

幼时聪颖好记忆，长大家败靠自己。

敬梓科考不得志，未入儒林写外史。

讽刺文笔真犀利，一部科场现形记。

乌江亭怀古　（安徽省和县东北部）

乌江亭里话是非，楚汉相争分胜败。

拔剑自刎算交代，古来征战几人回。

刘邦狡诈耍无赖，项羽沽名事独裁。

垓下伏兵十面埋，霸王霸业入土堆。

淮安韩信纪念馆怀古（江苏省淮安市）

刘邦破楚筑高台，韩信统军天地拜。

项羽兵败四面围，大汉一统入史载。

成也萧何败也何，未央宫中魂命归。

兔死狗烹不奇怪，鸟尽弓藏理不歪。

卖花渔村（安徽省歙县）

先人入山善谋生，种花卖花事业成。

卖花渔村传名声，徽派盆景生意盛。

粉墙黛瓦鸡犬闻，小桥流水招游人。

千年走来技传承，游龙梅景展图腾。

田里村 （安徽省休宁县）

田里村落溪流淌，家家户户建鱼塘。
高山泉水有别样，滋养肥鱼炖汤香。
先祖入山避祸殃，开田种养立祠堂。
祖业传承未能忘，山水田园好风光。

白马村 （浙江省淳安县）

白马村庄深山处，溪水流入千岛湖。
种田地少产不足，全靠地瓜生计谋。
村民奋斗不服输，大山修路通高速。
地瓜产业能致富，旅游带来新收入。

刘圩村 （江苏省宿迁市）

刘圩村庄 8 字形，刘王两家为大姓。
项羽生地互为邻，白鹿渔歌延续今。
多肉能造微盆景，工艺产品畅销尽。
大棚多肉出精品，村民富裕全脱贫。

下山头村 （浙江省温州市）

下山头村产石斛，千金草名美称呼。
人工栽培进千户，立体种植共致富。
小溪穿村楼房住，返乡子女陪父母。
鸟语花香成净土，石斛产业造幸福。

第二集

闽赣人家

——福建　台湾　江西

培田古村 （福建省龙岩市）

雷公树下听轶闻，吴氏族人繁衍生。
老宅九厅十八井，拜祖图下聚后人。
桑树梓树系乡根，敬畏祖宗是家风。
培田学堂好名声，才子层出多高升。

白鹭古村 （江西省南部）

白鹭古村在赣南，村人钟氏源颍川。
钟氏族谱立规范，积财积物首积善。
王太夫人济危难，义行善举施不断。
后人效仿捐善款，积善成德世代传。

东风古村 （福建省东部）

东风古村在东庠，四面环水处汪洋。
临海而建石头房，出海谋生互帮忙。
渔民侠义好心肠，冒险救人不回港。
木制小船战风浪，同舟共济可远航。

钓源古村 （江西省永丰县）

钓源古村在江西，名人大家老故里。
文忠公祠启蒙礼，代代相传守节义。
欧阳氏族出进士，个个称要作廉吏。
村中牌坊忠节第，画荻教子要正直。

富田古村　（江西省吉安县）

富田村落在江西，文氏天祥老故里。
丞相祠堂人拜祭，尽忠报国死后已。
家传正气明事理，留取丹心照天地。
正气歌唱唱忠义，古村育人人正气。

塘石古村　（江西省兴国县）

崴水河边古村庄，塘石人住小洋房。
老区面貌大变样，穷村富裕奔小康。
扩红入伍受褒奖，干部办公带干粮。
优良传统要发扬，交费用餐也记账。

李家古村 （江西省进贤县）

李家村傍青岚湖，回改李姓始迁祖。
村口老井传习俗，思乡念祖老旧屋。
市长局长是职务，退休回村当农夫。
归根复命同吃住，生于乡土报乡土。

下才古村 （福建省龙岩市）

下才村在才溪乡，先祖比干是贤相。
精忠报国血流淌，参军当兵成风尚。
兄弟献命护村庄，立庙供奉香火旺。
发坑走出军师长，光荣亭名千古扬。

洪坑古村 （福建省永定区）

土楼王子振成楼，洪坑祖训楹联留。

学堂先建楼在后，教子读书放在首。

石桅杆立扬荣誉，外婆桥是助学路。

出国留学争先走，追逐世界赶潮流。

汪口古村 （江西省婺源县）

汪口古村处丘陵，碧水汪汪起村名。

向山植树绿成荫，家规祖训护山林。

绿茶贸易守诚信，为人处世讲良心。

养源书屋照运行，诚信为本万事兴。

兴贤古村 （福建省武夷山市）

兴贤村在武夷山，兴贤书院朱熹办。
出资助学尊首善，朱子家训口耳传。
五夫社仓济困难，互帮互助成习惯。
鱼身化龙不空谈，学以近贤步不慢。

青礁古村 （福建省厦门市）

青礁颜慥开基祖，面海背山聚族住。
颜氏家训传千古，自强不息育家族。
国学馆里背训书，开拓进取不停步。
思齐开台续族谱，青礁发源念故土。

浦源古村 （福建省周宁县）

浦源村淌鲤鱼溪，色彩斑斓鱼游弋。

人鱼共生有情谊，鲤鱼死后行葬礼。

洞穴护鱼鱼藏地，爱鱼护鱼编成戏。

千年古杉鱼冢祭，和合一家共同体。

塘东古村 （福建省晋江市）

西临大海东连陆，红砖古厝还如故。

塘东始祖是叔度，封国为姓载族谱。

海外蔡氏同一族，天涯海角念故土。

捐资办学助读书，子承父业不停步。

南岩古村 （福建省安溪县）

铁观音茶老故乡，南岩茶王享风光。
王氏先人敢拼闯，茶农茶贩成茶商。
古厝连片梅花状，启示子孙要图强。
知难而进有力量，拼搏奋进来希望。

宝藏岩村 （台湾地区）

宝藏岩村住老人，眷村居民不同省。
大陆老兵互帮衬，相依立命暂栖身。
海峡两岸一脉根，回乡探亲圆了梦。
乡音乡愁乡情深，同胞兄弟不忘本。

廉　村　（福建省福安市）

廉村廉士薛令之，八闽第一中进士。
清正廉洁为帝师，三廉美誉皇上赐。
村中官道寓含义，为官做人要正直。
廉洁自律先正己，户户悬鱼以警示。

安海古镇　（福建省晋江市）

古宅古巷老古庙，白塔灯笼挂得高。
梁式石造安平桥，留给后人跨海道。
三里街长多商号，日用百货装船销。
敢下南洋闯五洲，安海走出十万侨。

霍童古镇 （福建省宁德市）

霍童镇流霍童溪，土主黄鞠老故里。
水渠隧洞水穿石，千年秀水伴山脊。
乡民种茶谋生计，八闽绿茶一产地。
水上冲浪演绝技，旅游带来新生机。

众埠古镇 （江西省乐平市）

众埠古镇依青山，建节水运泊千船。
商贾聚埠河穿街，四县货物在集散。
百座戏台来戏班，赶集唱戏成习惯。
四留家训世代传，能舍私利天地宽。

崇武古镇 （福建省东南部）

崇武古镇设海防，石头堆砌老城墙。
倭寇偷袭钱侯巷，钱氏一门死沙场。
四柱石亭埋骨香，忠勇报国事流芳。
解放军庙香火旺，英雄烈士人敬仰。

江湾古镇 （江西省婺源县）

江湾老街高牌坊，梨园河水镇前淌。
萧氏先人避祸殃，落脚此地易姓江。
萧江宗祠永思堂，常怀感恩报家乡。
乡贤园里立雕像，积德扬善有榜样。

古田古镇 （福建省西北部）

福建古田大山处，怪石田里长谷物。
先祖无私传技术，稻谷丰收养万户。
红四军来让屋住，青壮男子勇入伍。
古田会议奠基础，政治建军筑牢固。

嵩口古镇 （福建省永泰县）

大樟溪水绕古镇，山水接头称嵩口。
古渡竹篙撑竹舟，义渡千年一直守。
安前宫碑颂功德，长仁义米送仙游。
急公乐善施援救，古镇重义世代留。

石塘古镇 (江西省铅山县)

铅山河水穿镇流，古镇千年信诺守。
石塘纸商重信誉，连四纸能千年寿。
哥嫂托孤侄还幼，辞官抚养祝可久。
古宅院落还保留，武夷山下小苏州。

五里街镇 (福建省永春县)

老街老巷称五里，千年流水是桃溪。
古镇商家有传奇，逐利始终不忘义。
白鹤拳馆授武技，藤牌也能当兵器。
远征抗俄收失地，平等条约签第一。

梅林古镇 （福建省南靖县）

梅林古镇归漳州，千座古厝是土楼。
和贵楼高载名录，楼中原样还保留。
漂洋过海闯出路，异国他乡走街头。
梅林汉子敢拼斗，爱拼会赢写春秋。

双洋古镇 （福建省漳平市）

双洋古镇美名扬，遮风挡雨桥四廊。
曹氏兄弟受褒奖，百姓相助互守望。
陈家让井拆围墙，青龙水井养双洋。
好人好事存银行，功德币多上红榜。

和平古镇 （福建省西北部）

和平古镇祭祖堂，家规祖训闻书香。
先祖黄峭是侍郎，遣子诗文千年扬。
一马一谱背行囊，黄氏子弟闯四方。
身在他乡即故乡，三七男儿当自强。

贡川古镇 （福建省永安市）

竹林葱郁长满山，小镇挂口改贡川。
古桥古井古宅院，千年印记古城砖。
古镇乡民赴国难，填海抗日投笋干。
敢作敢为八闽汉，心底无私胸怀宽。

景德镇 （江西省东北部）

北宋真宗封年号，瓷都取名景德镇。

千年古窑出极品，远销海外有名声。

人间巧艺夺天工，瓷器精致映图文。

科技革新引智能，非遗文化要传承。

福州三坊七巷 （福建省福州市）

三坊七巷已多年，天下扛在文人肩。

书香满街挑灯夜，草莽也要敬为天。

林文公祠说贡献，世界禁毒首焚烟。

近代历史在巷间，觉名书信慷慨言。

漳州老街　（福建省漳州市）

红砖古厝老街巷，骑楼风格仿南洋。
开漳圣王香火旺，文治武功有牌坊。
九龙江通台湾港，两岸同根一祠堂。
锦歌一曲千年唱，宗师还在老家乡。

晋江五店街　（福建省晋江市）

晋江老街临海边，红砖古厝连成片。
西晋士族举家迁，衣冠南渡居五店。
家庙门前祭祖先，乡贤祠里敬乡贤。
祖先乡贤记心间，孝亲敬贤才绵延。

抚州文昌里 （江西省抚州市）

抚州老街文昌里，文人墨客留印记。
船板上面也练字，安石谢师膝跪地。
书馆林立志于义，临川才子出大批。
显祖勤勉不停笔，《牡丹亭》剧惊世戏。

长汀店头街 （福建省长汀市）

后宅前店多店铺，店头老街在汀州。
客家南迁江岸居，八闽五州汀州首。
汀江通桥利两头，惠吉门前曾搏斗。
祠堂照旧古训留，劝学读书走正路。

赣州郁孤台老街　(江西省赣州市)

章贡两江合成赣，郁孤台街在江岸。
客家南迁挑扁担，赣州居住成摇篮。
天祥知府是文官，率领义军浴血战。
高台远眺惶恐滩，心潮逐浪漫大山。

宁德鹏程老街　(福建省宁德市)

南门进入宁德街，街城靠近海岸线。
过桥读书盼鹏程，父子登科见不鲜。
蔡威精通无线电，红色听波作贡献。
锂离电池销第一，宁德腾飞勇向前。

泉州西街 （福建省泉州市）

钟楼古塔古祠堂，列屋成街寺庙旁。
开元寺供守恭像，黄氏开闽可传芳。
西街往事在小巷，典故传说年久长。
泉州内河船停港，涨海声中来外商。

武夷山览景 （福建省武夷山市）

蜿蜒回转九曲溪，竹筏漂流景千奇。
三十六峰立峭壁，九十九岩连一体。
寺庙宫观入武夷，石像观音有灵气。
草堂书院拜朱熹，一线天里留足迹。

话说台湾

游客游台观风光，美景美色尽情赏。

日月潭水碧波漾，阿里山茶味道香。

台北高楼望大洋，中正堂前话两蒋。

同文同祖同根长，两岸统一不可挡。

厦门一览

厦门开埠年久长，鼓浪岛屿名传扬。

嘉庚发展在南洋，回报桑梓办学堂。

夜景灯光璀璨亮，对岸金门隔海望。

沙滩海风吹海浪，“一带一路”引新航。

福建记事

福山福水福州城，三坊七巷早闻名。
当今建立自贸区，引导台资西岸行。
吸引游人武夷岭，厦门金门一水饮。
福建发展出真经，绿水青山胜金银。

铜山古城（福建省东部）

三面临海依山险，铜山古城石头建。
东山武庙位顶街，顶街平行海岸线。
抗击外敌出人杰，铜山从来无汉奸。
固守海防不松懈，统一祖国担在肩。

江西记事

滕王高阁临赣江，王勃作序文采扬。
八一起义南昌响，打响反蒋第一枪。
井冈红旗朱毛扛，瑞金红都国事忙。
于都出发事紧张，北上抗日打东洋。

井冈山怀古（江西省西部）

九十年前霹雳响，秋收起义上井冈。
八角古楼夜灯亮，老炮逞威在黄洋。
革命星火燎原旺，东方大国迎曙光。
红色基因代代传，敢叫世界大变样。

登庐山

是岭是峰是庐山，横看侧看未改面。
面目识清并不难，险峰仙洞旧容颜。
圣贤登山留遗篇，伟人豪言响耳边。
莫道前路有艰险，敢登敢攀敢为先。

九江水城 （江西省北部）

滔滔九水汇一城，临江依湖人沸声。
赣北门户古重镇，古代兵家都必争。
七省通衢繁华盛，南靠庐山好居人。
李公水堤截水分，后人治水要深耕。

闽城兴化 （福建省东部）

闽城兴化在东南，铁肩挑山连海担。

湄洲岛上庙宇观，海神妈祖故事传。

相府宅第木兰畔，远望葱郁壶公山。

进士状元几夺冠，古谯楼藏书万卷。

南丰古城 （江西省东部）

闽赣交界闻橘香，古城物丰年久长。

东西两街多弄巷，巷巷都能通街上。

茂洪修塘立城隍，帝赐致尧秋雨堂。

大家曾巩名声扬，南丰文化满盱江。

长汀古城 （福建省西部）

长汀古城汀江畔，城北背靠卧龙山。
客家南迁避战乱，汀州谋生首开端。
汀江水上人撑船，三千红军送对岸。
红军进城新政颁，扩红入伍超两万。

瑞金古城 （江西省东南部）

瑞金古城四面山，一河绕城情万般。
共和大国织摇篮，红色政权铁肩担。
谢家祠堂隔木板，中央政府设委办。
土地立法第一颁，北京瑞金一脉传。

漳州古城　（福建省南部）

漳州流过九龙江，昔日城郭有印象。
三面水绕水流淌，一面筑墙修围墙。
红砖红瓦老街巷，骑楼相挨连长廊。
文庙居中闻书香，牌坊林立荣誉扬。

漳州记事

漳州古时仅有江，无人无烟怪荒凉。
陈氏父子来开漳，屯垦戍边成圣王。
漳州先人敢拓荒，爱拼会赢成信仰。
赴台安家创业忙，五洲南洋也敢闯。

南昌滕王阁怀古 (江西省南昌市)

滕王高阁重整修，物华天宝射牛斗。

阁楼四周景色秀，王勃作序来洪州。

文采飞扬用排偶，感慨壮志未能酬。

名家报国尚无路，常人无为何须愁。

大坊村 (江西省抚州市金溪县)

大坊村庄在赣东，稻田中分新旧村。

旧村院落要利用，拯救老屋启动中。

赣派建筑有不同，转弯抹角讲包容。

老屋修复留传统，永远不能忘祖宗。

常口村　（福建省三明市将乐县）

常口村庄依青山，洋房立在绿水畔。
风景美丽如画般，八方游客来游览。
植树造林可吸碳，碳票第一全国传。
好山好水好家园，金山银山也不换。

汉口村　（福建省永春县）

汉口村里晒香忙，手按竹签慢慢放。
制香卖香好市场，百姓日子红火旺。
秉持篾香祭祠堂，世代相传会制香。
如今制香成工厂，中国香都富村庄。

第三集

岭南情怀

——广东　海南　香港　澳门

龙湖古寨 （广东省潮州市）

龙湖古寨临韩江，湖水环绕多池塘。
寨门街巷仍明朗，三进院落还原样。
星罗棋布是祠堂，后代早晚须烧香。
村人受恩不会忘，感恩戴德世传扬。

鹏城古村 （广东省深圳市）

鹏城古村三城门，三面环山面海生。
英烈墙上缅先人，抗击外敌敢牺牲。
赖氏三代五将军，卫国守疆报国恩。
大鹏山歌传精神，忠义美德赞鹏城。

文里古村 （广东省潮州市）

阡陌幽深多古巷，多姓聚居立村庄。
兄弟二人登科甲，村称文里圣嘉奖。
文里古村两善堂，自发济困受赞扬。
祖训族示记心上，行善至乐广推广。

南社古村 （广东省东莞市）

南社古村建宋代，浙江谢氏迁徙来。
千年古树先祖栽，祠堂水坊相互挨。
烧猪供品祭先辈，活人也能立牌位。
子女尽孝不等待，老人吃素受关爱。

松塘古村　（广东省南部）

水塘月池大榕树，松塘村居区氏族。
先祖重教办书塾，家族兴盛唯读书。
开笔礼上穿汉服，翰林村里人才出。
古画遗后用心苦，劝学读书写族谱。

围镇古村　（广东省清远市）

围镇古村和谐地，世代传承讲和气。
婆媳合作舞被狮，狮头狮尾有默契。
臭屁醋酸补身体，传技邻里成美食。
百年果树结果实，家和村和兴万事。

屏山古村 （香港元朗区）

香港元朗屏山村，客家围村成望族。
青砖黛瓦千间屋，勤励家风重教育。
好男不看家财富，不惦嫁妆称好女。
顽童变成状元户，勤奋读书是秘诀。

烟桥古村 （广东省佛山市）

四面临水水环绕，早晚烟雾笼烟桥。
麻石门楼石板路，进出烟桥走正道。
族规祖训知廉耻，做错事情要检讨。
父母言传加身教，子女成熟懂事早。

歇马古村　（广东省恩平市）

背山面水歇马村，村落形状似马图。
开村梁江村始祖，祖训留下重教育。
族人上学供学谷，笔筒量米也读书。
锦江河畔石碑树，读书成名有荣誉。

沙溪古村　（广东省海阳县）

南海之滨沙溪村，水患之地变福地。
疏通河道薛中离，义行善举解难题。
行善之风有根基，一伞一灯也行医。
沙溪办学勇捐资，延续善脉做善事。

草塘渔村 （海南省琼海市）

草塘渔村在潭门，渔民世代耕海生。
三沙往返半年程，船水相伴吹海风。
更路薄传手抄本，南海岛礁有名称。
祖宗大海生存根，后世子孙常感恩。

赤坎古镇 （广东省开平市）

潭江江水绕赤坎，崇文尚义在岭南。
古镇两座图书馆，过往历史可阅览。
秀才赶考途落难，关家照顾赠盘缠。
司徒美堂助抗战，义行善举世代传。

松口古镇　（广东省梅州市）

客家迁徙漫漫路，岭东栖身在松口。

先人谋生未停留，松口出发闯五洲。

侨批件件寄问候，缓解亲人衣食忧。

桑梓难忘记心头，捐资助学建高楼。

东里古镇　（广东省潮汕地区）

东里古镇在潮汕，樟林古港红头船。

水布甜粿旧竹篮，故乡印记街石板。

海外创业拼搏干，回报桑梓勇挑担。

东里华侨助抗战，巨商捐躯赴国难。

潭门古镇 （海南省琼海市）

耕海牧渔建古镇，因海而兴是潭门。
兄弟公庙祭护神，出海渔民一家人。
更路簿记岛名称，南海归华有见证。
万里石塘祖先耕，开发南海家国梦。

古劳古镇 （广东省鹤山市）

四周环水像蛛网，古镇古劳是水乡。
房屋筑在土墩上，古劳两姓建村庄。
家户门口流水淌，对面佛山隔水望。
水巷阡陌养鱼塘，岭南田园好风光。

百侯古镇 （广东省梅州市）

梅潭河岸存沃土，客家避乱进山住。
白堠改名称百侯，梗民叛乱遭灭祖。
民要教化书要读，大书斋里人教书。
翰林三士生一腹，人才辈出石旗树。

潮州太平街 （广东省潮州市）

义兴甲巷方块状，太平老街年头长。
潮州自古多牌坊，每座牌坊千古扬。
昔日潮州怪荒凉，韩愈受贬来瘴江。
文公带来文脉昌，潮州繁荣新景象。

海口骑楼老街 （海南省海口市）

骑楼上悬女儿墙，数楼连接一长廊。
天后宫在老街藏，居民拜后闯南洋。
五公祠里忠义像，千古百世可流芳。
青天海瑞是好样，家乡海口也荣光。

佛山老街 （广东省佛山市）

佛山祖庙在老街，北帝庙里供神仙。
老街儿女抗强敌，万庙之祖有祭典。
南派武术看佛山，尚武之风传千年。
洪拳佛拳咏春拳，一招一式要苦练。

广州西关街 （广东省广州市）

广州老街城西关，骑楼连着老弄巷。
出海口岸互通商，商贾云集十三行。
瓷坊瓷艺传工匠，碗中夫妻惜别样。
文化多样有市场，荔枝湾里粤剧唱。

香港抒怀

百年分离受耻辱，九七交接回华夏。
维多海港会展厅，紫荆花开传佳话。
首任特首董建华，治港遵守《基本法》。
粤港合作潜力大，香港后盾是国家。

深圳抒怀

南粤掀起改革风，首设特区是深圳。

试行试验打头阵，渔村荒滩变成城。

科技引领聚能人，经济发展快飞腾。

中国模式领路灯，面向世界攀高峰。

赞华为

中国名企有华为，创始人是任正非。

美国封杀谋不轨，多数国家不理会。

艰难攻关没白费，抗打抗压有备胎。

独领世界 5G 头，科技创新赢未来。

南粤巡礼

一半绿树一半楼，四通八达高速路。
彩虹连接粤港澳，大湾区域好兆头。
深圳又掀春潮流，先行示范成绩优。
科技引领须加油，笑到最后是神州。

广东记事

孙文广东蓄力量，两联一扶成党纲。
介石背叛大清党，国共从此分道扬。
广州起义打响枪，独立自主建武装。
雄师劲旅进两广，南粤获得大解放。

海南岛记事

七十年前海南岛，琼州海峡起兵刀。
解放大军敢横渡，薛岳兵败台湾逃。
亚洲论坛在博鳌，“一带一路”掀高潮。
求同存异运筹高，人类命运只争朝。

赞澳门回归祖国二十周年

一岛多年居海上，风吹雨打难挡浪。
回归二十大变样，天翻地覆慨而慷。
“一国两制”根基长，践行落实成榜样。
金莲花开有土壤，澳门定圆大梦想。

闻香港暴乱有感

国家治理衡利弊，香港暴乱要平息。
两制也要守法纪，一国才是硬道理。
团结依靠爱国士，关注民生解难题。
泱泱华夏不自乱，世人乱华非易事。

雷州古城 （广东省南部）

岭南古郡雷州城，雷鸣频繁天下闻。
刺史文玉兴学盛，蛮荒传来读书声。
万里之外来文人，古风文脉深扎根。
名相寇准促农耕，十贤祠里敬良臣。

揭阳古城 （广东省东南部）

揭阳古城四面山，两河环抱可行船。
八方货物来集散，小苏州呼美誉赞。
县令孙乙建学馆，文风兴盛冠岭南。
进贤门走有期盼，效仿先贤树样板。

梅州古城 （广东省东部）

梅州古城临梅江，因梅得名闻梅香。
曲曲折折老街巷，林立家庙古祠堂。
耕读传家客家帮，崇文重教广弘扬。
梅州儿歌永传唱，客家游子敢闯荡。

梅州记事

梅州子弟多传奇，客家创业留故事。
汇款家书二合一，侨批件件惠桑梓。
梅州巨富张弼士，为人做事懂五知。
华人华侨勇捐资，回报家乡造福利。

潮州古城　（广东省东部）

潮州古城在岭南，韩江分城依三山。
六篷船扬蝴蝶帆，过河拆桥成景观。
牌坊街中骑楼伴，十相留声名声传。
千年文脉续不断，韩文公祠连韩山。

潮州记事

潮州古城韩江畔，一水中分城两半。
先人多数去过番，远渡南洋谋发展。
韩愈施政政绩传，山水易姓皆姓韩。
如今风物冠天南，宁睡地板当老板。

茶坑村 （广东省江门市新会区）

茶坑村里产陈皮，世代用来谋生计。
家家陈皮获收益，远销海外香万里。
启超进京编成戏，陈皮相伴身和衣。
如今陈皮成产业，岭南人家富生息。

三澳村 （广东省汕头市）

三澳村庄海岛边，彩虹海上话丰年。
海上养殖循环链，五颜六色都来钱。
郑氏成功留纪念，募兵举石意志坚。
保家卫国反侵略，英雄故事传今天。

多格村 （海南省万宁市）

多格村庄海南岛，南国田园果香飘。
满地菠萝四季销，增产增收质量好。
科技兴农能领跑，村民进入致富道。
别墅汽车椰果吊，百姓生活步步高。

施茶村 （海南省海口市石山镇北部）

施茶村地两万亩，火山之下立民宿。

祖先造田艰辛苦，石缝谋生难富足。

如今石上长石斛，点石成金高收入。

火山岩石能致富，汽车别墅入村户。

第四集
黔桂山水

——贵州　广西

岜沙村寨 （贵州省开阳县）

岜沙村寨坐山脊，男孩要行成人礼。
镰刀剃头留发髻，苗语户棍护身体。
苗族神话树创世，爱树护树要拜祭。
自然草木亲兄弟，人树相依不分离。

秀水古村 （广西壮族自治区东部）

秀水古村居毛氏，世代读书成风气。
入学必读勉学诗，科甲蝉联出进士。
状元留下读书地，岩洞千年励子弟。
家训第一敬君师，读书尊师硬道理。

江头古村 （广西壮族自治区灵川县）

江头古村在广西，山清水秀两相依。
漓江水系流不息，奇山笔架映水底。
爱莲家祠莲花地，周氏家史石碑记。
濂溪先祖周敦颐，清白做人不染泥。

宰荡村寨 （贵州省榕江）

宰荡侗族聚一起，侗歌传唱养心气。
歌者和声有默契，唱歌唱得结夫妻。
鼓楼相会成惯例，男女对歌先女士。
千年传下迎客礼，拦路对歌表情义。

门头古村 （广西壮族自治区金秀县）

门头古村房古朴，依山建屋讲保护。
石碑古训多种树，行善积德又积福。
众山庙山树葱郁，涵养水分是林木。
人人种树成习俗，人与自然和谐处。

登瑶山 （广西壮族自治区金秀县）

瑶山瑶寨溪水流，树高冠大遮风雨。
远望篱笆护院屋，茂林浓荫掩人居。
寻得溪流源头处，碧连青山云连雾。
瑶医采药要“积留”，留下根芽能永续。

占里古寨 （贵州省从江县）

占里古寨深山处，百年寨规成规矩。
夫妻只生两子女，家家户户要种树。
人是过客山林主，合理利用林水土。
稻田放鸭也养鱼，秧青肥田山坡绿。

高定古村 （广西壮族自治区三江县）

高定建楼全用木，家家户户居木屋。
独柱鼓楼很特殊，一根木头撑牢固。
六个氏族共居住，款约组织理事务。
和亲睦邻和谐处，团结友善互帮助。

肇兴侗寨　（贵州省东南部）

肇兴侗寨峡谷处，侗乡首寨近千户。

五座鼓楼高高矗，鼓楼木屋理事务。

歌师唱歌劝夫妇，夫妻相处自约束。

草标示人要自律，款约规定守规矩。

金圭塘村　（广西壮族自治区博白县）

两晋家声金圭塘，全村男性都姓王。

五子登科题金榜，先祖育人树榜样。

蒸偿财产办学堂，后代励志学祖上。

助学奖学助留洋，崇文重教广弘扬。

罗凤古村 （广西壮族自治区横州市）

罗凤古村大山处，民风淳朴绵延续。
新鲜蔬菜挂满树，无人售菜成习俗。
黄氏后人承先祖，重信守诺好声誉。
诚信立家根蒂固，不讲信用难立足。

西江千户苗寨 （贵州省雷山县）

西江苗寨户超千，吊脚木楼依山建。
民族歌舞天天演，午餐可品长桌宴。
苗家阿妹桥头立，满面笑容迎向前。
银梳纤手人体验，美酒待客喜开颜。

黄姚古镇 （广西壮族自治区昭平县）

黄姚古镇善水养，小溪交汇入姚江。
石街石鱼鱼发祥，家家户户都经商。
梁都善行好榜样，教子有方圣嘉奖。
寡母石桥便来往，积德扬善人效仿。

贺街古镇 （广西贺州市）

贺街两岸流一江，千年古镇汉城墙。
林立宗祠成信仰，祖规祖训有榜样。
以田养贤办学堂，魁星文笔寄厚望。
豆腐香菇皆可酿，遵德守义不能忘。

旧州古镇 （广西壮族自治区西南部）

边陲小镇桂西南，宋代旧州称顺安。
壮兵忠勇善征战，古镇留在中国版。
壮拳刚猛俍兵悍，瓦氏出征故事传。
其龙哨所人值班，守家卫国重泰山。

土城古镇 （贵州省习水县）

土基坚韧称土城，四座屯堡守古镇。
习鱼化身成图腾，习人执着性坚韧。
十八帮来镇兴盛，大街小巷买卖声。
蛮女大脚是女人，造船航运写人生。

青岩古镇 （贵州省南部）

洪武安定西南疆，青岩屯垦开拓荒。

筑堡修城护贵阳，将士抗敌死沙场。

城楼城墙记过往，周氏祠堂叙忠良。

古镇从未停修墙，城如柱石固若汤。

下司古镇 （贵州省东南部）

江边古镇名下司，多族聚居谋生地。

清江昔日船如织，码头热闹人拥挤。

苗族先民明白理，佳肴美酒释善意。

下司镇人多点子，有勇有谋成大事。

大安古镇（广西壮族自治区）

大安古镇大安桥，石板路面多印道。
桥连两岸便商贸，古镇繁华人声闹。
“高义记”是大商号，不忘大安思回报。
家乡有难不迟到，施粥济饥重担挑。

江平古镇（广西壮族自治区防城港市）

京族三岛吹海风，江平古镇三万人。
做海谋生规矩成，取之有度是根本。
哈节哈亭诵祭文，敬山爱海拜为神。
金滩海岸抚琴声，天人合一和共生。

涠洲古镇（一）（广西壮族自治区北海市）

涠洲古镇处大洋，北部湾上迎风浪。
沙滩海涛海蚀崖，风景独特有别样。
同船合命故事扬，敬老养孤成风尚。
岛民团结互守望，一家有事百家帮。

涠洲古镇（二）（广西壮族自治区北海市）

涠洲古镇大洋处，捕捞采珠生计谋。
渔民冒险取珍珠，同船合命老规矩。
古镇传留赡养孤，仙井挑水送幸福。
家家户户处和睦，众人齐心相互助。

六堡古镇 （广西壮族自治区苍梧县）

六堡古镇名声大，声名远扬皆缘茶。
茶箩娘授茶制法，茶味甘醇大家夸。
茶船古道通天下，古镇茶民能富家。
英记茶庄韧不拔，六堡茶香飘南亚。

丙安古镇 （贵州省北部）

丙安镇处赤水畔，川黔古道水行船。
满眼盐船争泊岸，争抢过滩常遇难。
谋求平安治混乱，炳滩改名称丙安。
包容互让路也宽，宽厚为人温人暖。

石阡老街　（贵州省铜仁市）

人声喧闹三里长，石阡老街在赶场。

城中淌过龙底江，千家芳店固若汤。

巷里小区似鱼状，木质青瓦马头墙。

街坊屋梁接屋梁，遇灾相助互守望。

遵义市杨柳街　（贵州省遵义市）

红军来到杨柳街，交易买卖付现钱。

强渡乌江睡街边，百姓见了高看眼。

三千烈士英魂眠，后代不变坚信念。

遵义会议换人选，革命从此勇向前。

遵义怀古 （贵州省遵义市）

长征路上话长征，乌江水畔说乌江。

遵义会议永不忘，拯救红军拯救党。

物是人非楼原样，游人追思心逐浪。

前辈征战靠信仰，千古功业不可量。

黎平翘街 （贵州省黎平县）

府卫同城挑千家，黎平翘街像扁担。

沧浪施教把学办，老街民风日向善。

大井双井有人护，祭拜井神成习惯。

汉侗融合如一家，互帮互助出模范。

百色老街　（广西壮族自治区百色市）

百色老街临江边，沿江而下通四海。

商贾云集百货来，老街上有老滋味。

一根木棍敢搬山，百色知进不知退。

壮乡壮士留根脉，敢叫日月换几回。

龙州老街　（广西壮族自治区龙州县）

骑楼青瓦石板路，龙州老街历史久。

汉代马援平叛留，清朝元春抗法斗。

江水通商多码头，高门夹道古宅楼。

丽江江面人乘舟，天琴歌声细抚柳。

梧州骑楼老街（广西壮族自治区梧州市）

梧州老街两江岸，骑楼数多居城半。
秦汉时期派人管，明代设置总府三。
握手楼柱镶铁环，水患来了互帮办。
公益活动服务站，十人帮一代代传。

北海老街（广西壮族自治区北海市）

北海老街鱼骨状，海风涛声和海浪。
巷巷通海来客商，海上丝路始发港。
井水免费供街坊，茶亭义茶美名扬。
重情重义年代长，海纳百川大气象。

合浦古城　（广西壮族自治区南部）

江河合浦汇集地，骑楼老街商铺立。
汉代丝路航船启，合浦繁盛可谋利。
费贻治郡严纲纪，古城从此出廉吏。
廉泉井水思费贻，一代廉风成风靡。

容州古城　（广西壮族自治区容县）

容州古城是侨乡，祖先谋生下南洋。
家家户户有祠堂，一部血泪史拓荒。
真武阁中有书藏，容州子弟读书忙。
阁造别致奇构想，设计施工是独创。

凭祥古城 （广西壮族自治区南部）

北宋仁宗凭祥峒，群山辟秀碧连城。
昔日犒军班夫人，子材当年抬棺征。
今朝和平跨国门，友谊雄关红旗升。
边民期望相安宁，丝路互市通东盟。

织金古城 （贵州省西部）

稻谷翻浪织金黄，古城由来传远方。
康乾年间筑城墙，宝桢少年此成长。
百泉细流润泽乡，贯城五桥便来往。
店铺林立加作坊，勤劳致富奔小康。

镇远古城 （贵州省东部）

镇远古城靠着山，舞阳河水分两半。
府城在北卫城南，依山傍水有雄关。
紫阳书院青龙洞，雕花刻木古遗产。
贵阳辣加镇远酸，自酿美酒饮河畔。

黄果树观景 （贵州省安顺市）

黄果树下有奇观，遥看瀑布挂前川。
千年古藤岩壁攀，万年溶洞走进山。
清涧流水见石底，孩童纷沓戏水玩。
山水美景广为传，神话西游拍挑担。

漓江印象（一）（广西壮族自治区北部）

碧水竹筏草坪头，漓江水面起高楼。
黄布倒影八仙海，十里画廊非虚构。
驼峰渔村阳朔桥，桃园月亮步行走。
漓江美景天下谈，此番乘舟不枉游。

漓江印象（二）（广西壮族自治区北部）

草坪兴坪古码头，轻舟竹筏漓江游。
币圆倒影亲眼见，八仙过海有来由。
千层峭壁巧天工，罗汉如来五指手。
漓江美景拂面来，戏水拍照上船楼。

桂林山水　（广西壮族自治区北部）

桂林城中桂花香，漓江两岸楼成行。

双塔四湖中心场，独秀峰景远可望。

水街风格古色香，灵渠陡门有别样。

象山夜市灯火亮，晚上乘船游两江。

阳朔胜景　（广西壮族自治区北部）

十里画廊景点连，三姐阿牛互手牵。

驼峰欲越龙河线，国宝书画挥当面。

鸟鸣林中水流涧，古杉榕树别洞天。

碧水青山仙人界，阳朔山水天下鲜。

古东一览 （广西壮族自治区北部）

浮桥竹筏吊脚楼，荷花游鱼三姐湖。
攀缘冲浪戏瀑布，铁索天桥跨峡谷。
暗河流水穿洞出，洞口老龟招人入。
农庄佳肴伴歌舞，古东一览景千图。

冠岩古洞 （广西壮族自治区北部）

冠岩古洞为谁开，八方游人入洞来。
洞内石壁渗滴水，天然空调真凉快。
陈酿藏洞好香味，石绽奇花溢光彩。
双龙绕壁来相会，暗流汹涌涛澎湃。

富川古城　（广西壮族自治区东部）

潇贺古道通岭南，富川原是一驿站。

一面临水三面山，风景人文合一川。

瑶汉联手除匪患，互依互靠抱成团。

通婚生子受夸赞，和美之城佳话传。

旧州古城　（贵州省东南部）

旧州古城黔东南，古国旧都原且兰。

两河依城流山川，商贸繁华货集散。

街巷古寨居苗汉，相互通婚抱成团。

二战机场名声传，通用航空大发展。

遵义记事 （贵州省北部）

遵义古城义传递，千年走来留记忆。
汉代义郎护统一，宋代土官不屈膝。
中国革命转折地，遵义会议载史记。
四渡赤水用兵奇，指挥还是毛主席。

旧城村 （广西壮族自治区扶绥县）

旧城村庄甘蔗乡，万亩旱地蔗农忙。
甘蔗收割送糖厂，加工生产成食糖。
土司城址有渠丈，往事历历未能忘。
中原将士守边疆，世代传承名声扬。

东　村 (广西壮族自治区钦州市龙门港镇)

东村临海望大洋，全国闻名蚝之乡。
家家蚝排蚝吊养，蚝农收入倍增长。
闯海人家敢闯荡，村民齐心战风浪。
养蚝产业如日上，蚝王大赛龙门港。

化屋村 (贵州省黔西市)

化屋村庄傍乌江，悬崖之下苗歌唱。
芦笙吹起着盛装，百里画廊倚江望。
石多地少总缺粮，开洞引水破天荒。
水渠贯通清流淌，苗家山村稻米香。

南一村 （广西壮族自治区全州县）

南一村庄黄龙湾，民居别墅湘江畔。
葡萄满园成景观，产品收益上千万。
王氏祠堂大修缮，诵清扬烈世代传。
帮助红军湘江战，古村设有纪念馆。

黄岗村 （贵州省黎平县）

黄岗村寨山坡上，五座鼓楼矗中央。
梯田层叠远可望，稻谷鱼鸭一起养。
古巷古宅变了样，饭稻羹鱼美味香。
侗歌传唱歌海洋，黄岗特色上红网。

第五集

滇藏风情

——云南　西藏

吾木古村 （云南省丽江市）

金沙江水流峡谷，深山峡谷立吾木。
吾木世居纳西族，靠山谋生互帮助。
东巴祭祀称祭署，人与自然和谐处。
山规水规守规矩，公平分配有制度。

赤康古村 （西藏自治区墨竹工卡县）

赤康古村雪域立，甲玛雄曲流不息。
松赞干布出生地，汉藏通婚传友谊。
风俗习惯融一体，夫妻和睦互体贴。
民族团结播种子，开花结果固根基。

汤满古村 （云南省香格里拉市）

汤满古村处山谷，依山而居藏式屋。
煨桑绕塔预祝福，藏式婚礼送感悟。
马帮锅头有基础，诚信经营搞运输。
茶马古道古收据，生意信物一块布。

芒景古村 （云南省惠民镇）

芒景古村滇西南，茶园茶树景迈山。
赤红土地多物产，物种多样互循环。
翁基古寨早开摊，布朗女人真能干。
普洱生茶好口感，三泡精华味道甘。

喜洲古村 (云南省大理市)

苍山脚下立村庄，洱海湖畔飘书香。
四方街上题名坊，七尺书楼大界巷。
大理文脉喜洲扬，白族子弟读书忙。
喜洲巨商办学堂，立学育人立志向。

勐景来村 (云南省勐海县)

西双版纳勐景来，打洛江边立村寨。
临水而居利灌溉，傣族爱水传世代。
水节泼水以礼待，苏玛仪式拜长辈。
上庙为僧不为怪，温和处世和为美。

吞达古村 （西藏自治区中南部）

吞达古村出圣人，雪域高原造藏文。
水磨藏香驱瘟疫，藏香制作世传承。
牦牛耕地闻铃声，吞巴河里不杀生。
天地先祖尊神圣，藏民感恩植根深。

和顺古镇 （云南省腾冲市）

和顺幽韵巷纵横，每个巷口有闾门。
益群中学好名声，教授名师教学生。
图书馆藏古善本，阅书报社是前身。
借书读书荫后人，文脉昌盛落古镇。

昌珠古镇（西藏自治区中部）

昌珠古镇藏发祥，第一佛堂处中央。
文成进藏嫁藏王，汉藏联姻守边疆。
公主远来带种粮，劝人种粮地不荒。
千年留下古信仰，护土护园是愿望。

西庄古镇（云南省红河哈尼族彝族自治州）

滇南边镇名西庄，泸江由西向东淌。
洪武开滇守边疆，移民屯垦变粮仓。
张公九世能同堂，忍字一百答皇上。
百忍祠堂传忍让，治家治国都一样。

娜允古镇（云南省孟连傣族拉祜族佤族自治县）

娜允古镇国门户，傍水而居是傣族。
王子南下娶公主，象牙牛角植水土。
三城两寨世代居，多元共存管事务。
宾弄赛嗨互帮助，八个民族和谐处。

江孜古镇（西藏自治区日喀则市）

江孜古镇在西藏，高山平原大粮仓。
茶馆喝茶互分享，酥油奶香漫街巷。
守军抗英不投降，跳崖拼死真悲壮。
宗山寺院相守望，坚守家园是沧桑。

西藏记事

公主进藏婚姻联，汉藏一起守疆边。
藏传佛经高僧念，布达拉宫已千年。
解放大军入高原，百万农奴换新天。
雪域圣地今胜昔，发展气象新万千。

沙溪古镇 （云南省剑川县）

沙溪古镇黑惠江，捕笼捕鱼品鱼尝。
一汪江水水流长，滋养两岸百业旺。
茶马古道运货商，成群结队是马帮。
昔日筑台有戏赏，商贾云集物流畅。

昆明老街 （云南省昆明市）

昆明老街沐英建，临滇池来接蛇山。
将军早逝葬云南，子孙世代守边关。
《临江仙》传几百年，“春城”一说出《自赞》。
聂耳人生虽很短，国歌奏起人立站。

沙溪寺登街 （云南省剑川县）

寺登街在沙溪乡，老街集市四里长。
东通大理北连藏，茶马古道运货商。
南来北往天灯亮，居民护灯相守望。
一人有难众人帮，街坊邻里敢赊账。

云南风光

乌蒙山上有奇景，昆明风光四季春。
洱海船歌迷游人，大理风情显人伦。
玉龙山顶存白雪，丽江习俗留走婚。
西双版纳景洪镇，热带雨林多物种。

巍山古城（云南省中西部）

巍山古城出偏招，驱散蝗虫用火烧。
二十五街十八巷，文庙古楼有刻雕。
巍宝山上土主庙，细奴逻祖建南诏。
香面火把燃火苗，众人拾柴火焰高。

丽江古城 （云南省西部）

丽江古城三面山，玉龙雪水从城穿。
四方街上水洗砖，洗街习俗至今传。
风车拍水不停转，清流洁水无污染。
穿斗式房人游览，小桥流水似江南。

建水古城 （云南省南部）

建水古城在滇南，南水北山街石板。
翰墨诗书代代传，半榜科第出临安。
外强掠夺抢矿产，朱家捐资助抗战。
做事须凭有肝胆，义无反顾无须患。

通海古城　（云南省玉溪市）

通海临水背依山，四维统纽冠滇南。
老城方正如官印，聚奎居中街四散。
衙门告状有人拦，和言暖语了事端。
家居青山绿水畔，和合而居无事缠。

会泽古城　（云南省北部）

钱王之乡原东川，滇铜铸币名声传。
嘉靖通宝似月盘，人人可往钱眼钻。
南贾北商建会馆，会泽创业互解难。
铜运古道令人叹，钱财亦聚也能散。

云南石林 （云南省昆明市）

云南昆明有石林，开天辟地立至今。
千姿百态笑相迎，似懂人语要呼应。
自然天工技艺精，风吹雨洗更年轻。
游人如织争留影，真是滇中一奇景。

西双版纳 （云南省南部）

西双版纳澜沧江，水向南流归大洋。
热带雨林生热浪，休闲一刻是乘凉。
景洪镇里听歌唱，山头古寨抢婚忙。
傣族姑娘真大方，合影拍照留念想。

云南洱海　（云南省西部）

洱海湖泊依苍山，山水相依美名传。

湖中小岛设神龛，烧香拜佛求平安。

碧波荡漾行大船，八方游人登船观。

姑娘表演几轮番，船歌声声惹心欢。

大理古城　（云南省西部）

大理古城古重镇，南诏古国建都城。

发展人口当头等，生殖器官神供奉。

师徒取经过城门，西游拍景工序分。

城楼旌旗布满阵，重现昔日国运盛。

措麦村 （西藏自治区拉萨市西部）

措麦村中藏式屋，村依山巅有碧湖。
青稞世代养农户，措麦寺里人祈福。
雪域高原来队伍，解放战士赠水壶。
农奴翻身自做主，心想事成日子富。

诺邓村 （云南省云龙县）

诺邓村里制火腿，香味扑鼻勾味蕾。
火腿制作技一脉，千年走来还原味。
上海盲评获机会，国家认证标志牌。
足不出户能销外，白族山村富起来。

新寨村 （云南省保山市）

新寨村庄峡谷处，满山遍野咖啡树。
远山咖啡香飘出，产销带来亿收入。
傣汉两族混居住，民族团结共致富。
咖啡庄园出本土，中国第一亲目睹。

清水河村 （云南省昆明市晋宁区）

清水河村清水淌，山青景美飘花香。
售花收入倍增长，土屋变成小洋房。
玫瑰花开常绽放，一年四季采收忙。
花卉产业好市场，鲜花致富路宽广。

第六集

川渝人文

——四川　重庆

迤沙拉村 （四川省攀枝花市）

迤沙拉村煮羊肉，人先不吃先喂狗。
狗肉不吃要厚埋，报答狗把先人救。
相如凿山修开路，出行方便留给后。
村民感恩怀心头，天地润泽人长寿。

年画古村 （四川省绵竹市）

年画古村崇孝养，李氏尽孝事传扬。
守孝三年墓上香，孝道石杆圣嘉奖。
先祖传下福寿汤，祝福双亲永健康。
村里湖边劝孝唱，日行孝敬有榜样。

濯水古村 （重庆市黔江区）

濯水河畔濯水庄，村人谋生多经商。
临水商号半街汪，汪家信誉凭印章。
天理良心刻石上，两人铜像秤称量。
古村千年历沧桑，诚信经营未变样。

河湾古村 （重庆市西水河镇）

西水河畔好水土，土家族人河湾住。
先祖种下和睦树，以和为本训家族。
柚子金龟定情物，一生一世永和睦。
千年传留摆手舞，家和村和人幸福。

德胜古村　（四川省金川县）

高山大河养族群，依山而建德胜村。
各族聚居互通婚，以德报怨能宽容。
良美大师事感动，慈悲智慧解矛盾。
龙门阵里和事顺，篝火锅庄歌迎春。

下寨古村　（四川省九寨沟县）

山间沟谷立村庄，九寨县城隔河望。
下寨先人教有方，疏财重义成风尚。
赈灾济困卖家当，望子红醇飘义香。
治病救人慈善堂，家规祖训永不忘。

阳坪古村 （重庆市云阳县）

阳坪古村依峡谷，巴阳石峡出平湖。
填川移民是先祖，建村立庄通有无。
五十三姓上百户，抱团谋生相互助。
和邻睦族写族谱，互帮互助成习俗。

宝胜古村 （四川省洛带镇）

宝胜民居屋分散，绿海点点像帆船。
舞龙表演成习惯，养龙故事世代传。
家规祖训有规范，宗族同心战困难。
血脉相连一起干，互帮互助互照看。

桃坪古寨 （四川省理县）

桃坪羌寨建山上，片石黄泥堆砌墙。
上窄下宽房挨房，过街楼下连横梁。
碉楼高耸数十丈，登楼瞭望可观赏。
明沟暗渠布水网，围着火塘聊家常。

五家古村 （四川省雅安市）

五家背靠观音山，两条河溪从中穿。
三进古宅韩家院，十八家训代代传。
不要好看要茶饭，朴素节约成习惯。
生活精打又细算，勤俭变为价值观。

孝泉古镇 （四川省西北部）

孝泉古镇孝子乡，涌泉跃鲤千年讲。
姜诗辞官陪母旁，一门三孝名流芳。
乐心顺意做恰当，孝子孝媳受表彰。
孝子基金相互帮，孝亲敬老成风尚。

安居古镇 （重庆市铜梁区）

安居古镇在江畔，昔日谋生靠拉船。
水浅道险又多滩，船工敢担也敢干。
书生尧臣有虎胆，恶霸伊王敢查办。
少云抗美更勇敢，火烧肉躯英雄汉。

李庄古镇 （四川省宜宾市）

李庄古镇临长江，石板街路人来往。
庙主李姑善心肠，鱼村纪念改李庄。
抗战李庄成学堂，接收学子腾住房。
千年古镇义流淌，善行义举成风尚。

偏岩古镇 （重庆市北部）

两山溪谷镇深藏，偏岩虽小名气扬。
状元时行办学堂，八角水井闻墨香。
危岩凿出道康庄，唐公古路造福乡。
留美学子唐建章，乡村建设早提倡。

西沱古镇 （重庆市东部）

西沱兴盛皆因盐，背夫背盐云梯街。
巴盐古道道起点，川盐销楚路艰险。
老街古井千脚泉，良玉画像挂门前。
行善之风传绵延，与人为善人和谐。

罗城古镇 （四川省乐山市）

四维合字起名称，先人商议称罗城。
缺水难解困古镇，筑城船形引水梦。
同舟共济船行稳，水库建成不求神。
民俗传承麒麟灯，茶馆照摆龙门阵。

万灵古镇 （重庆市荣昌区）

两街九巷四城门，大荣石桥连两岸。

濑溪河上白银滩，纤夫号子声不断。

万灵喻氏出清官，遵循祖训一脉传。

宗祠书院古会馆，守本行正成规范。

五凤古镇 （四川省成都市金堂县）

半边江城半边山，江城五凤泊商船。

北贾南商建会馆，馆中套馆成美谈。

古桥座座连两岸，安凤石桥故事传。

包容并蓄共发展，鲇鱼能做十八餐。

涞滩古镇 （重庆市合川区）

涞滩古镇依渠江，千年老街伴深巷。
鹫峰山上建新房，众志成城嵌城墙。
二佛寺里有社仓，灾年到来无逃荒。
一元献机不缺场，抗日汇聚大力量。

太平古镇 （四川省古蔺县）

古镇千年历史长，泥塑山花寓吉祥。
太平渡上来客商，船工齐心有力量。
四渡赤水铺木梁，秘方医治红军伤。
古建遗址可观光，同心同德永回荡。

宝顶古镇　（重庆市大足区）

宝顶古镇出石雕，摩崖石刻万尊造。
祖师鲁班传技道，倒塔千年而不倒。
石匠千人技高超，千手观音传世宝。
莲子搭乘舟六号，匠心坚持终回报。

松溉古镇　（重庆市永川区）

长江要镇名松溉，古时繁华街十里。
码头密布船如织，商贾云集店林立。
注经三杰陈博士，辞官回乡教学子。
陈公水堰人祭祀，自流灌溉惠桑梓。

洛带古镇 （四川省成都市）

洛带临川一面山，古镇昔日货中转。
成都府库填不满，洛带栈货运不完。
八角水井落刘禅，胸无大志丢蜀汉。
湖广移民填四川，客家创业世代传。

龙兴古镇 （重庆市渝北区）

分镇两半是城墙，老城首见风雨廊。
龙兴人善热心肠，第一古楼惠客商。
品形三井谢石匠，纾困解难寿命长。
娄家救僧寺庙藏，行善举义家业旺。

尧坝古镇　（四川省泸州市）

尧坝古镇早通商，川黔古道来商帮。
挑夫挑货镇兴旺，扁担挑起敢担当。
武科进士立牌坊，请命剿匪事传扬。
勇于担责人效仿，护乡护民成风尚。

四合老街　（重庆市中山镇）

四合老街众商家，诚信经营赢天下。
烟熏豆腐销量大，石板糍粑不涨价。
老秤一斤十六两，衡出良心与杂念。
古石碑文记打假，不讲诚信生意垮。

都江堰西街 （四川省都江堰市）

岷江山洪常倾泻，李冰治水都江堰。
青瓦木板房西街，人在山水相和间。
席蓬临江人聊天，江风水声走千年。
五十桌席坝坝宴，街坊邻里讲和谐。

北碚老街 （重庆市）

云山峡谷称温汤，北碚老街缘石梁。
三横八纵古街巷，滔滔流过嘉陵江。
庙嘴岩宫名文昌，千年读书声琅琅。
船运故事在传扬，巴山夜雨出富商。

自贡老街 （四川省自贡市）

盐都自贡有老街，四街一巷井盐开。
水陆码头盐商来，售盐收入增翻倍。
吃得咸来看得淡，百姓明理不贪财。
捐资行善济困危，自贡自古有情怀。

眉山纱縠行老街 （四川省眉山市）

眉山老街名纱縠，书香南段北商铺。
万卷书籍楼藏书，丝绸贸易兴西蜀。
三分水来两分竹，同榜登科是三苏。
一门文章四大家，父子诗文传千古。

重庆渝中老街 （重庆市）

老门老街老弄巷，湖广填川变了样。
南来巨贾北来商，水陆码头十三帮。
跨江索道白日忙，楼船夜晚游两江。
蔬菜肠肚火锅汤，镶桌共吃很寻常。

重庆木洞老街 （重庆市）

大禹婚别背行囊，木洞开峡治汪洋。
神木建庙名禹王，地名由来佳话长。
豆花饭菜分外香，老街自古养栋梁。
家家育人要自强，立地双肩担众望。

黄桷坪老街　（重庆市）

黄阁插树人乘凉，石缝扎根无土壤。

苍木围合古弄巷，老街四处浸书香。

书院读书声琅琅，诗文三万有华章。

画雕漆艺记时光，中西结合创新样。

重庆印象（一）

重庆古代名巴渝，抗战陪都为后方。

红岩村在原农场，白馆渣洞处山上。

磁器口街老模样，川剧变脸比亮相。

辣鸡菜鱼串串香，夜晚乘船游两江。

重庆印象（二）

渝中半岛两江间，山城重庆映江影。
恩来运筹周公馆，双十协定桂园订。
两江交汇朝天门，清水浊水显分明。
晚上游览洪崖洞，临江凭栏观夜景。

重庆印象（三）

重庆夜景有别样，五光十色江中亮。
久传佳名小香港，游人心醉忘归乡。
楼在山中江可望，犬吠日出雾锁江。
炎夏高温生热浪，夜半雨急送凉爽。

武隆印象 （重庆市）

九道拐下登高山，农家隐在绿林处。
仙女峰笑撒甘露，烈日掩面头蒙住。
万丈天坑望云霄，绝壁三桥跨峡谷。
飞瀑栈道钻地缝，武隆山水不虚睹。

成都人文（一）

蓉城龟城锦官城，名人文化入成都。
文君卖酒陪相如，李白杜甫宋三苏。
宽窄巷子锦里住，火锅豆花肥牛肚。
水丰地富人润肤，休闲宜居称天府。

成都人文（二）

都江水堰灌沃土，川蜀大地养成都。
刘备入川国称蜀，物产富饶真天府。
火锅品味要三流，双流乘机无险阻。
昔日蜀道变通途，游人如织来五湖。

武侯祠怀古（四川省成都市）

武侯祠中坐孔明，少年就好《梁父吟》。
两表一对国策定，空城拒敌敢弹琴。
蜀汉费尽老臣心，鞠躬尽瘁后人敬。
三代精忠报国恩，长使英雄泪满襟。

杜甫草堂怀古　（四川省成都市）

茅屋草堂今还在，广厦万间已成真。
风雨不动安如山，寒士欢颜圆了梦。
忧国忧民称诗圣，不朽诗作领唐风。
宁苦自己以利人，杜甫美德要传承。

都江堰景观　（四川省都江堰市）

古时水患肆虐狂，秦派李冰治岷江。
鱼嘴沙堰宝瓶口，设计施工不寻常。
都江堰渠水分行，导流灌溉功无量。
大型古装表演场，还原以前放水样。

蜀道今观

剑阁雄关锁蜀道，昔日入川要过关。
今朝坦途到处见，公路铁路无阻拦。
问君西游何时还，双流乘机即可返。
天府开放无界限，李白勿唱蜀道难。

乐山拜大佛 （四川省乐山市）

康熙巡川名乐山，地灵人杰多物产。
三江交汇坐大佛，背靠凌云天可参。
江中观光乘游船，拜佛祈福求平安。
大佛故事千年传，劝化众生齐向善。

峨眉山景　（四川省乐山市）

两山相对称峨眉，四山隆起真雄壮。
金顶佛光照夕阳，云海松涛显苍茫。
白水池中蛙弹唱，泼顽猴子掀衣裳。
万年寺钟有人撞，僧侣修行何须忙。

昭化古城　（四川省东北部）

昭化古城依巴山，金牛古道连秦川。
悬崖栈道通雄关，李白写下《蜀道难》。
青瓦门楼可游览，巷弄设有评书馆。
三国故事英雄传，易于亲民是典范。

昭化怀古 （四川省东北部）

成都秦川古道长，秦岭巴山昭化扛。
桔柏渡口嘉陵江，明皇逃川急仓皇。
易于拉纤亲民堂，川督任上宝桢亡。
昔日扼道古战场，今朝繁华又通畅。

秀山古城 （重庆市南部）

秀山古城有别样，鸡鸣三省相张望。
不找零和不收零，早市买卖互谦让。
风雨廊桥便来往，乌杨故事在传扬。
梅江河喝三省汤，团结巷里和合长。

会理古城　（四川省南部）

四川云南交界处，会理多彩有韵度。

四街三关石榴树，石榴籽粒似珍珠。

拱极楼上望帝书，古城人忌有贪图。

科甲巷连进士府，金江书院作诗赋。

阆中古城（一）　（四川省东北部）

阆中古城谐天地，仰天察地竹竿立。

二十四节太初历，春节始为年初一。

阆中居士才学奇，阆州城南天下稀。

中天楼上观天际，嘉陵江水收眼底。

阆中古城（二）（四川省东北部）

四面环山一江水，水鸡衔鱼来回飞。
巷子北宽南又窄，阆中古城多古宅。
滕王元婴修阆苑，仙境一般在玉台。
山水养人颜不衰，游完阆中还想来。

咏阆中（四川省东北部）

五虎上将守阆中，蜀汉开国立头功。
粗中有细治巴郡，勇猛有余也劝农。
嘉陵江水此流东，阆州斋酿绝芳醇。
汉桓侯祠祭祖宗，萋萋芳草盖古冢。

松潘古城 （四川省西部）

松潘古城在川西，滔滔岷江流水依。
东西南北主街四，明城墙有十几里。
古松桥上生恋意，回汉通婚成亲戚。
二十家院人和气，藏羌回汉共居地。

临邛古城 （四川省中南部）

临邛古城设关口，天府南来第一州。
蜀锦贸易古道留，老街老巷来人游。
冶铁富商卓家首，回澜塔高文脉厚。
《凤求凰》曲动心头，文君相如领风流。

万州古城 （重庆市东部）

万州古城巫峡西，山在城中水相依。

天生城周立峭壁，江水东逝收眼底。

黄庭坚写《西山记》，赞誉万州刻在石。

东川名城繁华地，乘舟东下游千里。

丰都古城 （重庆市中部）

丰都天下古名山，鬼城故事传江岸。

通天要过鬼门关，劝人积德多行善。

古城走出好县官，办案行医一人担。

起义将士真勇敢，血战丰都名声传。

西昌古城 （四川省南部）

相如修道通川南，西昌古城有开端。
筑城始用铭文砖，四牌楼中街四散。
研经书院文脉传，邛海渔舟可唱晚。
黄葛树美成景观，春城四季春盎然。

西昌记事 （四川省南部）

西昌古城四面山，古代出行蜀道难。
灵关古道通云南，丝路商贸兴四川。
国家三线大发展，成昆铁路开洞穿。
非常之事非常办，西昌卫星升空转。

康定记事 （四川省西部）

康定古称打箭炉，两河交汇水共流。
川藏通交成枢纽，茶马古道锁咽喉。
藏传佛教历史久，物种多样成富有。
康定情歌品牌游，各族共筑富民路。

康定风情 （四川省西部）

康定地区多民族，藏羌回汉共居住。
双寺云林莲花湖，塔公寺里挂满图。
千年悬棺可目睹，西康木兰饱眼福。
雅家情海传情书，六世达赖作诗赋。

剑阁往事 （四川省广元市）

剑阁雄关拱卫蜀，金牛古道可进出。
两山峭壁合拢处，一人守关挡万夫。
蜀汉姜维有抱负，守住剑阁守寸土。
后院起火无功图，身首异地不瞑目。

三峡览景

三峡相连水道弯，峭壁高立入云端。
青山相对景千般，游览三峡成大观。
花飘果香溢两岸，人间风物千年传。
两岸猿声啼不断，楼船已过万重山。

白帝城怀古 （重庆市奉节县）

白帝古城立山头，苍木古树围城周。
千年往事历史久，恰似江水付东流。
刘备伐吴报弟仇，夷陵战败魂荡悠。
白帝托孤无别路，留下悔恨千古愁。

太平村 （重庆市大足区）

太平村里黑山羊，选美比赛能拿奖。
养羊养家人效仿，家家办起养殖场。
借羊还羊互帮忙，规模养殖奔小康。
村民收入倍增长，山村不再穷僻壤。

六赢村 （重庆市铜梁区）

六赢村里多荷塘，远近闻名莲藕乡。
合作经营采收忙，莲藕产业生意旺。
村民同心源社仓，巴川社仓未能忘。
优良传统要发扬，共同富裕奔小康。

发展村 （四川省荥经县）

发展村庄大山处，观赏熊猫住民宿。
大相岭上人巡护，野生熊猫近接触。
金山银山种植户，千年规矩护林木。
保护区里绿恢复，竹笋宴上话致富。

西安村（重庆市巫溪县）

西安村庄依山岭，药香沁心满山林。
名贵药材传至今，千年走来造福民。
李显未了巴山情，隐居山村起村名。
蜀道如今畅通行，药田富民全脱贫。

第七集

湘鄂楚韵

——湖南　湖北

石堰坪村　（湖南省张家界市）

石堰坪人敢拓荒，远方迁来多种粮。
族谱记载重农桑，“糊仓”传留赛插秧。
铁匠石磨老油坊，传统烹饪菜肴香。
祖训重农劝勤读，村娃上学也好样。

张谷英村　（湖南省岳阳市）

张谷英公军家身，根伏渭洞繁衍生。
古村张姓近万人，大小长幼论辈分。
五世同堂大家庭，大屋人忌闹纠纷。
和睦邻里多包容，礼让能解积怨深。

板梁古村（湖南省永兴县）

望族大户早耳闻，板梁刘家为名门。
周礼古宴聚族人，八万子孙代代盛。
宗祠私塾老脉根，行商重义重修身。
千年不衰族根深，积善积德养根本。

岩门古村（湖南省泸溪县）

岩门村前流小溪，清流环绕是宝地。
百户村民皆康氏，康家大院孝传递。
白帝天王三兄弟，千里探母不停蹄。
家规家训钉墙壁，事亲孝亲编成戏。

老司岩村（湖南省古文县）

老司岩村处湘西，大河酉水流谷底。
族氏多姓聚一起，山高水险谋生计。
帮扶济困救危急，神医古柏成标志。
互帮互助人团结，石头连山不分离。

捞车村寨（湖南省龙山县）

捞车村寨处湘西，武陵土家居第一。
冲天古楼传故事，勤俭持家谋生计。
捞车河养勤女子，织机织锦好手艺。
团饭待客成美食，团团圆圆写勤字。

涧岩头村 （湖南省永州市）

涧岩头村居周氏，依山傍水好村址。
正屋横屋排列齐，周家大院讲和气。
古村历来无官司，族长能理家族事。
暖寿习俗送寿衣，家规十六睦邻里。

鱼木古寨 （湖北省利川市）

鱼木四周峭壁立，古道进出路险辟。
岩壁悬石攀天梯，三阳石关手扒石。
崇文尚学祖训示，教子好学勤励志。
万难不倒求学子，山中之城出博士。

唐崖司村 （湖北省咸丰县）

唐崖司村土司城，遗址保护立条文。
老汉一诺许终身，保护文物度人生。
夫妻同心报国恩，石人石马是见证。
荆南雄镇有遗风，信守承诺世传承。

双凤古村 （湖南省西部）

双凤古村凤朝阳，彭田两姓修建房。
中国土家第一庄，世代拜树为信仰。
无文无字靠传唱，偷梁骂梁人丁旺。
天然森林大粮仓，人与草木一起长。

羊楼洞村 （湖北省南部）

羊楼洞村四面山，茶贸主打茶制砖。
车推马驮装上船，万里茶路通口岸。
雷家还金人夸赞，诚信经营代代传。
后人泡茶摆茶摊，免费供饮心坦然。

大余湾村 （湖北省武汉市）

木兰山下余氏居，大余湾村近百户。
过门媳妇看家谱，世世代代不忘祖。
石墙堆砌无黏物，村门宽进而窄出。
省吃俭用家有余，勤俭传承村里富。

石牌古镇　（湖北省中部）

石牌古镇临汉江，自古美誉豆腐乡。
关羽求医治口疮，良方传下磨豆浆。
五关六庙十街坊，昔日粮行日夜忙。
七大戏台百戏唱，急公好义是主场。

归州古镇　（湖北省西部）

归州古镇产脐橙，中国脐橙第一镇。
西峡明珠美誉称，地灵人杰屈原生。
端午祭祀节传承，屈子思想植根深。
爱国忧民洁己身，开创骚体新诗风。

梁子古镇 （湖北省东南部）

梁子镇处梁子湖，梁子岛上母子顾。
传信避祸后人福，湖上岸上和谐处。
船工船帮船帮主，船规帮规守规矩。
古街两旁多店铺，重规守矩有秩序。

芙蓉古镇 （湖南省永顺县）

芙蓉古镇景色秀，悬崖瀑布吊脚楼。
谢晋相中拍电影，四面八方来人游。
猛洞河谷小龙洞，栈道栈桥连通路。
湘西汉子靠双手，勤劳致富有奔头。

百福司镇 (湖北省西部)

镇在三省交界处，青山绿水来百福。

苍山西水要保护，林中珍宝楠木树。

大人小孩拜树父，砍树罚跪能醒悟。

河中捕鱼有规矩，守好家园才永续。

靖港古镇 (湖南省东北部)

十里长街贯古镇，万盏明灯夜夜有。

八街四巷七码头，船到靖港不想走。

长空万里歼敌寇，靖港子弟抛头颅。

八千湘女担国忧，赴疆创业当能手。

昭君古镇 （湖北省西部）

峡谷古镇湖北西，美人昭君老故里。
昭君出塞始元帝，胡汉和亲青史记。
孩子满月送祝米，背篓木杵扛生计。
巴楚古音活化石，兴山民歌好歌词。

仓埠古镇 （湖北省武汉市）

古镇先民守粮库，骑龙改名仓子埠。
接祖人日祭先祖，常怀感恩记嘱咐。
长青油面救老母，报恩胜似建浮图。
源泉办学供读书，回报家乡是造福。

巴东古镇（湖北省西部）

巴东古镇农亭街，寇准劝农有贡献。

生活不单靠渔猎，百姓重农多种田。

高速路上野三关，施宜古道可消闲。

火车开进巴东站，古镇旧貌换新颜。

武昌昙华林街（湖北省武汉市）

武昌老街昙华林，白墙红瓦古色印。

东西南北位居中，江夏自古就有名。

武昌起义天下应，民主革命首先行。

必武信仰更先进，立党建国为人民。

永州柳子街 （湖南省永州市）

柳子街在永州城，青石板路留印痕。
家家户户敞开门，宗元文化扎下根。
居官要以民为本，柳韩诗文倡新风。
柳子家宴聚游人，奉茶传统有传承。

长沙铜官老街 （湖南省长沙市）

铜官老街在长沙，陶城红砖伴黛瓦。
窑制产品名声大，远销海外到西亚。
千年彩瓷釉下画，瓷有书画添文雅。
书堂山里传书法，欧体风格成大家。

岳阳楼抒怀 （湖南省岳阳市）

江南景致岳阳楼，湖光山色望中收。
增容扩建子京修，仲淹作记传千秋。
民生放在施政首，为官忧乐分先后。
不以物喜勿悲己，人生警言铭心头。

韶山冲怀古 （湖南省湘潭市）

天降大任韶山冲，诞生伟人毛泽东。
为民牺牲众亲人，缔党建国立丰功。
祖屋旧居还尚存，红色基因仍播种。
雄文数卷传正统，践行使命记初衷。

湖南记事

韶山冲里伟人立，万里江山手可指。
秋收发动大起义，天安门前升国旗。
刘彭元勋湖南生，文臣武将出大批。
芙蓉国里写春秋，留给后人多话题。

张家界（一）（湖南省张家界市）

湘西奇峰环野立，古树古洞险关隘。
举世峡谷金鞭溪，百龙电梯迷魂台。
水绕四门紫草潭，千里相会黄石寨。
门阁天桥黄龙洞，贺龙公园点将来。

张家界（二）（湖南省张家界市）

湘西千峰林立野，山顶古树入天间。
潭水清澈出山涧，天门阁台好休闲。
青山古洞关隘险，神话西游拍景片。
传说张良举家迁，相中取名张家界。

咏古琴台（湖北省武汉市）

古琴台在汉阳城，高山流水出此中。
嫦娥升天探苍穹，流水相伴播外空。
伯牙遇上仲子期，外星智人也听懂。
艺术本来为大众，人类追求有共同。

黄鹤楼怀古 （湖北省武汉市）

武昌城中黄鹤楼，崔颢题诗居上首。
历代文人登楼游，李白在此送故友。
物转星移几度秋，黄鹤一去未回头。
唯见长江不空流，今朝气象万千有。

赤壁怀古 （湖北省赤壁市）

天下英雄谁敌手，赤壁战后孙曹刘。
江山多娇竞叩首，各领风骚数年头。
孔明宏愿付东流，周郎早亡志未酬。
风云际会历代有，分分合合归神州。

凤凰古城 （湖南省西部）

高山流水石头墙，层峦叠翠城凤凰。
风雨楼上观沱江，万名塔高隔江望。
吊脚古楼临水傍，龙舟比赛年头长。
腊肉蔬菜味别样，歌酒让人醉他乡。

古城往事（一）

湘西土苗自治州，凤凰城中观城楼。
古城土产苞谷酒，喝酒名堂多来由。
从文不向命低头，骨灰撒向沱江流。
吊脚楼里悲欢忧，一部《边城》写乡愁。

古城往事（二）

湘西古城称凤凰，当兵打仗是家常。
十万人中一万军，抗英抗日上战场。
组建筸军保家乡，平疆跟着左宗棠。
筸军虎威震四方，湘军无筸不成湘。

送疫神

武汉抗疫传捷报，联防联控最紧要。
全国动员应号召，公共场所戴口罩。
中央部署施策好，军医救援首先到。
依法防控出新招，疫神定能早送掉。

咏中医

中医救治江夏舱，依据汉代仲景方。
西医中医相结合，推出清肺排毒汤。
医治方法有多样，治愈患者受赞扬。
神州医道源源长，抗击疫情派用场。

赞白衣天使

疫情告急婚不办，白衣天使援武汉。
耳边时响党召唤，昼夜救治危重难。
军医挑担火神山，雷神方舱分工管。
精心施治国人赞，坚守直到疫情散。

岳阳古城 （湖南省北部）

湖湘古城有岳阳，雄居傲立洞庭旁。
长江洞庭水滋养，古宅深巷记过往。
吴国水军操练场，因楼传名四海扬。
忧乐天下是理想，上下求索路漫长。

黔阳古城 （湖南省西部）

黔阳古城在湘西，世外桃源有传奇。
街巷设计形丁字，古代兵家必争地。
渔鼓声声讲故事，怀德感恩建庙祠。
昌龄不忘报国志，芙蓉楼上赋歌诗。

荆州古城　（湖北省南部）

禹划九州有开端，始有荆州故事传。
关羽爱民宁赴难，居正改革挽狂澜。
荆州古城长江畔，家国情怀铁肩担。
千年城墙街石板，治江治水保平安。

襄阳古城　（湖北省北部）

北临汉江南依山，古往汇通靠马船。
铁城铜墙街石板，历代兵家常争占。
仲宣楼上说王粲，涧南园话孟浩然。
萧统《文选》影响远，千年文脉襄阳传。

游快哉亭 （湖北省黄冈市）

快哉亭里快哉玩，览物赏景快哉感。
山上苍木入云端，江中来往行渔船。
孟德仲谋两交战，赤壁故事千年传。
后人玩水又游山，省得私欲变贪婪。

三峡大坝 （湖北省宜昌市）

长江截流建水库，高山峡谷出平湖。
拦洪蓄水电流输，下游千里可享福。
高门船闸世界殊，抗洪通航多用途。
三峡大坝载史书，惠民工程传千古。

钱冲村　（湖北省安陆市）

钱冲村庄银杏黄，村中百姓心喜狂。
八方游客来观光，旅游收入倍增长。
李白安陆娶新娘，钱冲游览事传扬。
中华银杏第一庄，果实外销好市场。

沙洲村　（湖南省郴州市汝城县）

沙洲村庄河谷处，瑶族迎客竹竿舞。
开店摆摊人忙碌，旅游带来新收入。
古村变化源老屋，徐妈敢让红军住。
故事传扬受赞誉，游人观光村民富。

万古寺村 （湖北省秭归县）

万古寺村临峡江，屈原生地老故乡。
屈氏宗祠屈原像，《橘颂》万古永流芳。
如今橘树满山上，四季能闻脐橙香。
脐橙丰收装满筐，销往各地众人尝。

第八集

鲁豫寻古

——山东　河南

万家古村 （山东省淄博市）

万家古村居毕姓，毕氏家训传至今。
莲藕祭祖上等品，族人同根心连心。
立瓶投豆常提醒，黄黑对错显分明。
多做善事积德行，后世子孙万事兴。

上九山村 （山东省邹城市）

上九山村层峦叠，老墙老屋石垒砌。
婚礼信物页岩石，展示实心和实意。
老楷树下要拜祭，夫妻和睦无婚离。
赊小鸭可谋生计，诚信立业富村里。

三德范村 (山东省章丘区)

锦屏山东古村立，三德范传仁勇智。
族系混居多姓氏，世代合群又合力。
民约教化先知礼，乡规立碑镌刻石。
喜闻乐见五音戏，十条街巷和邻里。

张店古村 (河南省平顶山市)

张店背靠龙门山，破蒙启智年年办。
先祖张良故事传，帝师智慧刘邦赞。
摆山大赛画棋盘，男女老少都会玩。
棋子边走需边看，变通之术在机关。

郭亮石村　(河南省辉县)

太行绝壁立郭亮，现代愚公住村庄。

石阶天梯高万丈，绝壁石洞路长廊。

石桌石凳石头炕，石磨石墙石板房。

崖上人家人观光，十三壮士声名扬。

新城古镇　(山东省淄博市)

马踏湖畔有古镇，依山傍水名新城。

四世宫保嵌高门，望族王氏好家风。

《手镜》一部立身本，为官做事要清身。

洁己清白影响人，清白律己风气盛。

朱仙古镇 （河南省开封市）

朱仙古镇古战场，岳飞抗金事传扬。
精忠报国打胜仗，丹心赤诚红满江。
忠义朱仙侠骨香，家国情怀终不忘。
故事育人人成长，参军入伍成风尚。

大津口镇 （山东省泰安市）

大津口镇依泰山，古镇担工勇于担。
帝王登山要封禅，担工运物挑重担。
挑担上山路艰难，日复一日十八盘。
古铜脊梁压不弯，石敢当成泰山汉。

八陡古镇　(山东省淄博市)

八陡古镇十七庄，人人敬仰颜文姜。
孝泉孝水孝子乡，孝妇河水孝流淌。
帝师古宅话王让，打雷护在母坟旁。
墓园石马回头望，孝心孝风传一方。

神垕古镇　(河南省禹州市)

钧瓷之都神垕镇，烟囱窑炉五寨门。
女子窑变已试身，金火钧红为母圣。
古玩市场瓷器碰，钧瓷开窑好响声。
千年古镇因火生，四进屋住守艺人。

赊店古镇 （河南省南阳市）

千年赊店在南阳，五座城门皇城样。
刘秀赊旗灭王莽，古镇因赊名远扬。
七十二街满客商，买卖交易敢赊账。
赊单带血还银两，重信守诺立牌坊。

山东琅琊镇 （山东省青岛市）

子牙观象琅琊台，四时主神分四季。
秦皇琅琊刻石记，天地四方六合一。
红瓦白墙琅琊镇，家家户户插国旗。
一十五姓留八氏，家国自古两相依。

南阳古镇（山东省济宁市）

南阳古镇在孤岛，微山湖水四面包。
京杭运河穿镇过，九村混居人声闹。
鱼鹰捕鱼听人号，鱼帮谋生一起讨。
夜不闭户无窃盗，和合而居真写照。

道口古镇（河南省滑县）

京杭运河水悠悠，水旱码头连道口。
商船如织人如流，道清相通有铁路。
“义兴张”号不落后，献出秘方同富有。
个人发明不保留，先进技术共享受。

荆紫关镇（河南省淅川县）

鸡鸣三省交界处，陕咽喉连鄂门户。
荆紫关外接秦川，关口之内中原顾。
五里长街居民住，家家户户很和睦。
民风友善又古朴，街坊邻里互祝福。

马牧池（山东省临沂市）

沂蒙山区马牧池，水土厚道生仁义。
孔门贤人十三子，蜀相孔明出生地。
红嫂医伤喂乳汁，人桥运兵解难题。
无怨无悔不怕死，老区村村有烈士。

诸由观镇（山东省烟台市）

诸由观镇早有港，向海而居哈瓦房。
商船如织迎风浪，扬帆出海闯大洋。
洪顺盛号关东闯，敢想敢干敢批粮。
古镇先民到沈阳，百工百业从头创。

济南老街（山东省济南市）

济南老街依泉修，家家泉水户户柳。
泉水雨水有时忧，曾巩治水政绩留。
大明湖堤百花洲，四面八方来人游。
文庙贡院古籍厚，千年文脉有人守。

开封书店街 （河南省开封市）

开封古城书店街，以书起名天下鲜。
老街书坊印书籍，书画交易超万千。
作相首先要开卷，大宋文人遍朝野。
才子读书不疲倦，文脉相传逾千年。

周村古商城 （山东省淄博市）

淄博周村古商城，范蠡造出第一秤。
天地良心一杆称，缺了三两少寿辰。
瑞福祥店守诚信，经商要学文财神。
还金处立赵运亭，周村商人重义深。

洛阳涧西 （河南省洛阳市）

一五计划来涧西，东方红造拖拉机。
工人自强又自立，艰苦奋斗未忘记。
裕禄带头任务接，卷扬机器交按期。
红墙红瓦在叙事，涧西工厂出第一。

登泰山 （山东省东部）

五岳之首是泰山，不远千里来游览。
起步山下岱宗坊，结伴夜登十八盘。
手捧日出平生愿，玉皇顶上换新冠。
望远自当凌绝顶，齐鲁众山皆可观。

海滨青岛 （山东省东部）

远洋货轮集装箱，国之重器航母港。
栈桥游人来四方，崂山水酒格外香。
滨海浴场日光享，海洋动物表演场。
海鲜海味来品尝，美丽青岛不虚扬。

闻青岛海上阅兵有感

国之重器航母港，多国军舰来捧场。
神盾神器多亮相，海军定能固海防。
七十岁月不算长，国家富了必要强。
甲午海战不能忘，青岛阅兵军威扬。

威海怀古　（山东省东部）

威海名胜成山头，秦皇东巡至此游。
碧水波涛千年忧，继光海防设施留。
刘公岛上忆国仇，北洋水师败对手。
强国强军必走路，无人再敢犯神州。

忆一九六六年到河南

垣曲过河乘舟楫，洛阳参观拖拉机。
河南老乡真亲切，晚上盛水把脚洗。
米糊柿饼来充饥，春节郑州吃饺子。
时光已过半世纪，回想当年还记忆。

河南记事

焦裕禄与兰考县，泡桐治沙成经验。
龙门石窟千余间，少林寺庙逾千年。
南阳刘秀回汉殿，匡胤兵变大宋建。
汉魏唐宋到今天，中原故事数万千。

曲阜古城（山东省济宁市）

孔林松柏世世栽，孔庙香火代代延。
孔府世家不衰竭，天下第一天子匾。
门生三千弟子贤，儒学独尊几千年。
人类文明有孔学，曲阜古城誉满天。

临清古城　（山东省西部）

运河河畔临清城，千年古城因运生。
胡同伍佰呈鼎盛，各地商人扎下根。
千帆竞过流名声，运河情韵更动人。
一代大师季羡林，家乡文脉哺育成。

浚县古城　（河南省东北部）

四城门连两便门，浚县古城完整样。
钟鼓楼即文治阁，四条大街满商行。
城外运河水流畅，古时漕运很繁忙。
历代兴农劝种粮，能顾九州黎阳仓。

淮阳古城 （河南省东部）

伏羲东迁来淮阳，定都淮阳始帝王。
羲帝治理分姓氏，嫁娶从此有规章。
七十二街多商行，龟背隆起湖中央。
淮阳最早织渔网，古琴制作缘凤凰。

蓬莱古城 （山东省东部）

蓬莱古城原登州，八仙过海留出口。
身在阁中似仙游，远望海市有蜃楼。
古祠古树多年头，千古忠义抗倭寇。
但愿碧海无盗忧，继光宁可不封侯。

青州古城 （山东省中东部）

青州古城居齐鲁，文风炽盛自古有。

牌坊林立多来由，多样文化同步走。

带头牧羊古郡守，《齐民要术》传千秋。

名人志士相聚首，翰墨书香写风流。

开封古城 （河南省东北部）

开封古城八朝都，轶闻往事多掌故。

一城宋韵水丰富，清明可观上河图。

靖康之变百姓苦，汴河州桥深埋土。

重建家园还当初，东京原貌渐恢复。

聊斋议事 （山东省淄博市）

淄博淄川有聊斋，斋主松龄写怪异。
狐狸鬼怪会演戏，害人害物终害己。
人间公平张正义，善恶回报待时机。
生前为民谋福利，奈何桥上过容易。

向阳村 （山东省平度市）

向阳村庄逢冬季，大棚盛产西红柿。
樱桃品种香果汁，销售各地高收益。
先祖解手留记忆，碱地安身变宝地。
开河排涝修水利，向阳而生靠科技。

代　村 （山东省兰陵县）

代村耕作无土壤，无土栽培成工厂。
兰陵公园大作坊，产品累累生意旺。
书记带头敢尝试，水培种植细培养。
如今代村花海洋，八方游客来观光。

第九集

秦晋故里

——山西　陕西　甘肃

丁　村 （山西省襄汾县）

三姓祖先伙种地，村西立庙称三义。
李姓后人办婚礼，全村老少聚宴席。
丁氏族人知礼节，祖训要人和邻里。
处德堂里好兄弟，世世代代住一起。

静升古村 （山西省灵石县）

静升古村在灵石，王家大院称第一。
方方正正形王字，学习吃亏做生意。
手工豆腐老手艺，入口一定好东西。
买卖无信则不立，诚信经营利让义。

哈南古村 （甘肃省南部）

白水江畔建寨堡，哈南戍守是先祖。
三街九巷留典故，忠勇传家写族谱。
国家有难献身躯，忠字为大渗透骨。
保家卫国扛任务，报名参军勇入伍。

小河古村 （山西省阳泉市）

小河大院是花园，花园石家古宅院。
小桥流水绕假山，几代辛苦才建完。
石家世代与人善，村人刻碑善事传。
积善人家有余庆，后人耳濡也目染。

凤山古村　（甘肃省秦安县）

凤山古村在甘肃，陇上邹鲁传诗书。
能书会画入村户，吟诗写诗成习俗。
脊背朝天面朝土，出口成章是农夫。
诗经名篇出此处，诗礼熏陶名人出。

皇城古村　（山西省晋城市）

古村祭祖讲朴素，缘由陈氏三世祖。
浊富非志传家书，清白做人成规矩。
皇城清官出相府，为官半饱禁贪欲。
康熙赐匾赐美誉，陈门世代清声续。

定舟古村 （陕西省鄠邑区）

定舟仁义受赞誉，替父还债碑记录。
军家民家和谐处，施德累仁写族谱。
出资修路称卜五，行医治病成任务。
继德社里传互助，大家一同共致富。

新　村 （陕西省武功县）

新村苏氏故事长，苏武牧羊秦腔唱。
手持汉节不投降，流放北海去牧羊。
武功苏门出宰相，正气浩然树碑扬。
以忠为先有榜样，后人报国立志向。

上庄古村　（山西省阳城县）

太行山下立上庄，天官回家着古装。

吏部尚书王国光，正己率属圣嘉奖。

尚书宅第三教堂，家乡故事免费讲。

自律自重有修养，慎独传承在弘扬。

漫川关镇　（陕西省山阳县）

漫川关镇古战场，朝秦暮楚事无常。

北人南客来经商，水旱码头生意抢。

板凳搭拢互商量，中人调停两相让。

双戏楼台名鸳鸯，北调唱罢南腔唱。

青木川镇 （陕西省西部）

金溪河畔青木川，千年老街铺石板。
昔日望族大户三，平等待人名声传。
修房盖舍高一般，高堂华屋招灾难。
欺行霸市人不敢，议话坪制立规范。

碛口古镇 （山西省西部）

峡谷碛口黄河岸，古宅票号古货栈。
昔日古镇泊商船，水旱码头货集散。
扳船闯碛成难关，行船共济代代传。
八路抗战人捐款，休戚与共赴国难。

新城古镇　（甘肃省中部）

城门城墙老城砖，烽火台上望山川。
唐蕃古道一驿站，古代兵家争抢占。
明朝洮州平叛乱，修筑新城守边关。
将士守边很勇敢，世代职守古今贯。

大阳古镇　（山西省泽州县）

九州针都名大阳，手工制针多工匠。
裴姓制法传一方，因针而富镇兴旺。
针翁庙成兵工厂，支援山西获解放。
古建雕饰显沧桑，一砖一瓦忆过往。

娘子关镇 （山西省北部）

长城九关御侵犯，娘子关镇常生战。
公主退敌成美谈，苇泽关改娘子关。
保家护园义勇团，八国联军闻丧胆。
娘子女兵民兵班，引水修渠太行山。

右卫古镇 （山西省北部）

游牧农耕右卫斗，古时古代从未休。
杀胡口改杀虎口，相逢一笑泯恩仇。
沙梁荒滩变绿洲，亿棵树木扎沙丘。
前人植树啃窝头，福祉留给子孙后。

润城古镇　（山西省东部）

沁河流水绕镇淌，润城卵石筑成墙。

坩埚砌墙固若汤，古镇百姓能安享。

用心铸件铸佛坊，炉火通明冶铁旺。

铁花散溅可观赏，小城铁壶会歌唱。

宗艾古镇　（山西省寿阳县）

宗艾传说水淹户，常姓小女用身堵。

羽化成仙成圣母，吃了大亏享大福。

龙池取水有量度，乡民沿袭古规矩。

坚守吃亏不贪图，古镇民风实淳朴。

西安三学街 （陕西省西安市）

三学街区教写字，做人做事讲品行。

一庙三学渐成形，石板书库是碑林。

张载碑文称西铭，关学思想开太平。

敢为天地勇立新，敢为生命能立命。

西安怀古

关中沃土养三秦，古都西安话古今。

草木土堆始皇陵，兵马雄俑见光明。

无字石碑则天墓，汉武唐宗难叫醒。

前朝帝业今何在，不及雁塔古碑林。

长陵轶闻　(陕西省咸阳市)

相如长陵有外遇，文君寄来分手书。
字里行间真情吐，相如感动悔当初。
长陵安葬汉高祖，善用将相有计谋。
长安开业立京都，后世子孙拓疆土。

太谷老街　(山西省晋中市)

老街开市历史早，交易买卖求公道。
孟母仉氏生太谷，育子有方善教导。
白塔村人名声好，小米等量换玉茭。
志诚信是大票号，太谷首设太谷标。

石泉老街 （陕西省石泉县）

石泉汉江水面宽，顺流行船到武汉。
老街商贾建会馆，昔日经商常抱团。
懋谦送衣御冷寒，石泉厚道人良善。
庖汤会场方桌餐，秦岭深处也温暖。

晋商老街 （山西省祁县）

晋商老街在祁县，四大城门对四街。
二十八巷四十院，万余房室多牌匾。
道义作杆良心称，晋商经营信义先。
百年老店四处见，家规祖训不骗钱。

大同胜景　（山西省大同市）

煤城大同新意创，耗资百亿建景场。
铁索吊桥四城门，护城河水绕城墙。
云冈石窟众佛像，栩栩如生名远扬。
景点设计有别样，创收总比种地强。

榆林古城　（陕西省榆林市）

榆林古墙镇北台，志丹避险红石崖。
潺潺流水穿漠过，绿树围城送凉来。
羊肉泡馍酸烩菜，四门小吃地道味。
高原黄土黑金埋，经济发展要腾飞。

延安记事

延安古名称肤施，万里长征落脚地。
艰苦岁月举红旗，自力更生解难题。
枣园窑洞灯不熄，运筹帷幄胜千里。
转战陕北获胜利，扭转乾坤毛主席。

壶口观瀑布 （陕西省宜川县）

冒雨驱车观瀑布，日落壶口车堵道。
天泻黄河水滔滔，万丈水帘空中吊。
攀崖走壁兴趣高，溅水戏浪留影照。
秦晋峡谷难通交，坦途便是彩虹桥。

咏晋祠 （山西省太原市）

晋水源头出晋祠，圣母座下水穿石。
水池清澈见石底，游鱼逐浪在作戏。
周代古柏枝叶稀，铁狮铁人壮威仪。
古往今来香火祭，悬瓮山麓是宝地。

赞刘胡兰

晋中大地文水城，胡兰故事广传闻。
铁铡撑起敌残忍，颈脖横刀不贪生。
生的伟大死光荣，主席赞誉碑题文。
烈士遗志要继承，信仰坚定主义真。

河津问祖 （山西省西南部）

寻根问祖到远家，河津地面对都甲。
逃荒活命走口外，李姓后人有谁在。
问津家谱有记载，龙门石匠有后代。
彻夜长谈好款待，浓浓亲情一血脉。

山西记事

太原西南清徐醋，洪洞槐树老印记。
运城上香敬关帝，五台山上拜佛寺。
晋中大地汾河流，晋国强盛成历史。
先人逃荒走西口，吾本河津李姓嗣。

甘肃览胜

五泉山名源于汉，万家灯火凭栏观。
兰州城在河两岸，明珠耀眼亮璀璨。
酒泉玉门嘉峪关，敦煌会宁祁连山。
天水古城夜用餐，油菜花香闻陇南。

神木古城 (陕西省北部)

二郎山对九龙山，神木城在河两畔。
尚武练兵善征战，杨家故事在流传。
古城马术演艺团，鼓角争鸣真好看。
高楼大厦沿街环，杂碎面食是佳饭。

细说神木

三棵巨树谓神木，神木曾改神木堡。
古时贫穷很落后，住民多数随军户。
今朝变化快速度，黄土埋着黑金库。
土房换成高楼住，百姓生活丰又富。

代县记事 （山西省北部）

雁门雄关两山间，道弯路转环环险。
代县史称有三边，杨氏族谱代代延。
晋北抗日冲在前，阳明堡战祭英烈。
钟鼓楼上话从前，永绝后世生狼烟。

代县怀古 （山西省北部）

宋代名将有杨业，率子领兵守三边。
李陵碑下成君节，千古名芳留人间。
忠臣不死古戏演，刀光剑影现场面。
杨忠武祠祭祖先，游人来了也怀念。

平遥古城 （山西省中部）

魁星楼连青砖墙，四方城里住晋商。
南来果布茶酒糖，北来骆驼马牛羊。
商道酬信名远扬，汇通天下日升昌。
旧街老铺生意旺，门牌古色又古香。

嘉峪关（甘肃省西部）

戈壁大漠嘉峪关，万里长城最西端。
古代用来御侵犯，多少将士生未还。
雪水来自祁连山，蓄流成湖能浇灌。
漫漫黄沙也服软，绿树成荫游人欢。

天水古城（甘肃省南部）

晨闻钟声下床起，羲皇庙里祭伏羲。
卦台山上画八卦，阴阳图中有玄机。
天水古城览古迹，泥人根雕老艺技。
文庙武庙多庙立，街巷名称寓含义。

张掖古城 （甘肃省西部）

黑河穿城流水走，张掖古城通丝路。
河西走廊处咽喉，汉家派军常驻守。
半城塔影半城楼，钟鼓大楼立中轴。
古刹遍地供佛首，多元文化互聚头。

孝义古城 （山西省中部）

孝义古城居山西，因孝闻名载入史。
大禹承父治水地，郑兴孝母传故事。
敬德归唐皮影戏，古城名称天子赐。
孝河滔滔流不息，千年孝义孝传递。

绛州古城 （山西省南部）

绛州古城晋都城，春秋晋国曾强盛。
三河运粮济苍生，荀子文化植根深。
七十二行留名声，世世代代有传承。
手工艺者近万人，人有手艺好立身。

介休古城 （山西省中南部）

清明祭祀源介休，勤政清明忆春秋。
介子推忠割身肉，重耳恩赐清明柳。
文氏彦博选红豆，红黑对错记心头。
东汉郭泰成名流，三贤故里誉九州。

延安古城 （陕西省北部）

古城延安依三山，两河会城情万般。
城门高墙嵌安澜，千年风物合一川。
宝塔高耸入云端，往事留在纪念馆。
红都载年一十三，革命故事广流传。

韩城司马迁故事 （陕西省韩城市）

陕西韩城司马迁，承父修史任史官。
替人求情招灾难，触怒武帝遭阉骟。
万般悲愤忍苟安，著书立传成大观。
无韵离骚树典范，史家绝唱千古传。

骊山怀古 （陕西省临潼区）

登上骊山四处游，轶闻往事越千秋。
烽火台上戏诸侯，幽王宠妃亡西周。
骊山脚下温泉流，华清池水美容久。
贵妃沐浴皇恩厚，大唐王朝祸临头。

游鹳雀楼 （山西省永济市）

鹳雀古楼又重修，始建北周历史久。
目穷千里更上楼，山河风物望中收。
佳肴美味葡萄酒，他乡遇友共叙旧。
白云千载荡悠悠，黄河一去入海流。

永济轶闻

永济杨家生闺女，入宫当妃享尽福。
姊妹弟兄皆列土，可怜光彩生门户。
大唐从此祸埋伏，不见长安见尘雾。
祸及自身命难顾，马嵬坡上罪当诛。

陇西李广故事（甘肃省秦安县）

陇西李广神射手，一箭穿石拔头筹。
从小习武善骑射，长大带兵伐匈奴。
一战不慎落虎口，勇敢机智能逃走。
劳苦功高难封侯，饮恨自尽不蒙羞。

古浪记事 （甘肃省古浪县）

古浪古代归凉州，春风不到沙堆丘。
羌笛悠悠怨杨柳，戍边将士苦中愁。
风口沙坡六老头，植树造林永不休。
昔日沙梁变绿洲，功在当今利在后。

顾家善村 （甘肃省白银市东南部）

顾家善村黄河畔，隔河相望祁连山。
昔日无花尽是寒，一片荒凉黄沙滩。
如今建设大发展，乡村振兴面貌换。
种菜养花成景观，游人流连忘回返。

浙水古村 （山西省陵川县）

浙水古村南太行，六百年来历沧桑。
阳马古道立村庄，先人那时就经商。
如今公路宽又广，药材产业生意旺。
游客慕名来观光，骑马游村迎新郎。

南阳古村 （山西省晋城市西部）

南阳古村深山谷，村有千年老槐树。
灰瓦黄墙王氏屋，王形格局匡庐图。
抗大旧屋重修复，旅游开发来收入。
革命信仰树牢固，游客用餐先忆苦。

第十集

燕赵览胜

——北京　河北　天津

于家古村　（河北省井陉县）

于家古村处太行，石头村里石垒房。
先人逃难兄弟俩，开荒建村家族旺。
石碑立规有多项，村规民约管村庄。
九层十阁彰祖上，清凉阁里正气香。

西堡古村　（河北省蔚县）

西堡古村逢立春，街头巷尾挂彩灯。
集资修庙修堡门，做人做事善为本。
董氏一门善家风，放粮施粥接济人。
石碑记录善传承，朝廷恩准建瓮城。

慈母川村 （北京市延庆区）

慈母川村处群山，仲离修仙故事传。
仁爱老母难阻拦，辞母川改慈母川。
老人生日记档案，生日蛋糕不中断。
黄发垂髫心喜欢，晚年幸福有期盼。

杨柳青镇 （天津市）

杨柳青镇出年画，家家户户会点染。
丹青百幅景千般，国宝年画代代传。
缸鱼年画年年贴，寄托百姓美祈愿。
做工精美印古板，传统工艺继续干。

伯延古镇（河北省武安市）

伯延古镇在武安，道道拱门连家环。
九门祖照徐家院，含明作镜心坦然。
刘德收籍出自汉，求是之风一直传。
总理伯延搞调研，农村食堂不再办。

古北口镇（北京市东北部）

万里长城古北口，关东平原入京路。
长城内外锁咽喉，古代兵家必镇守。
气吞山河将军楼，血肉之躯不退后。
万名男儿坟肉丘，不倒长城永不朽。

广府古镇 （河北省南部）

广府古镇洼中央，滏阳河水护城墙。
东西南北人来往，水泊孤城也通商。
广府习拳拳发祥，杨拳太极名四方。
太极拳路柔克刚，顺势而为健身强。

北京东四街 （北京市）

整齐有序东四街，横平竖直方正齐。
巷弄建设仿周礼，元都结构可回忆。
凿河修路解难题，皇城根下规矩一。
左来右去单行线，胡同人家更便利。

北京琉璃厂文化街　（北京市）

琉璃古街中轴西，文化用品销第一。
文人荟萃阅古籍，天下图书集散地。
四库全书要编辑，巨著成书字八亿。
千年文脉传历史，售书不在多盈利。

北京大栅栏 （北京市）

青砖路面大栅栏，繁华热闹商业街。
字号买卖还从前，四合院里讲变迁。
胡同老宅京剧演，瑞蚨祥店兑诺言。
头上顶戴马聚源，腿下脚穿千层鞋。
同仁堂药开百店，货真价实无欺骗。
百年老店不衰竭，生意兴旺有秘诀。
做事不做亏心事，赚钱只赚该赚钱。
前门步行中轴线，街坊四邻很和谐。

咏正定

河北正定古名城，三国赵云在此生。
修建宝塔赵匡胤，千百年来招游人。
出京锻炼到基层，正定任上展才能。
久经历练担大任，引领中国新航程。

山海关怀古

天下第一山海关，万里长城最东端。
姜女望夫眼欲穿，劳工万千尸骨寒。
勾引清兵吴三桂，自成兵败义军散。
今朝一统道途坦，关内关外无阻拦。

北戴河观景（河北省东北部）

北戴河地秀丽景，休假避暑空气新。
疗养人员要先进，林家公馆隐山林。
信步随意绕岸行，抬头望见燕窝岭。
骑马戏水好留影，风景独好佳语评。

北京故宫怀古

宅男宅女古已有，闭门养颜到白头。
皇帝居宫不自由，三千佳丽也成忧。
故宫开放能旅游，金銮宝殿可创收。
九千九百九十九，华夏文明源源流。

蓟州古城　（天津市北部）

蓟州古城州河畔，城中格局如棋盘。
鼓楼居中街两边，城北无门是燕山。
寺院白塔庙鲁班，燕山书房义学办。
凭险拒敌黄崖关，继光固城保京安。

蓟州往事　（天津市北部）

蓟州游览有盘山，御帝乾隆登山观。
山清水秀也好玩，后悔多次下江南。
田里柿子似磨盘，城北黄崖设雄关。
燕山教子成示范，五子登科名声传。

正定古城 （河北省中部）

阳和楼下练健身，碑塔祠庙闻鼓声。
常山战鼓从未停，正定经乱获重生。
子龙单骑冲敌阵，颜氏父子血染城。
真卿悲愤书祭文，千古忠义传后人。

定州古城 （河北省中部）

定州城头旌旗舞，街巷买卖不停呼。
南来北往是中枢，古代兵家筑城固。
燕赵流行人习武，铁骨雄风令敌服。
祖宗三代入过伍，军家烈属英雄谱。

宣化古城　（河北省西部）

京西宣化第一府，拱卫京城在前头。
清远楼和镇朔楼，两楼相顾在中轴。
葡萄千年架漏斗，吃来皮薄肉又厚。
宣化连着张家口，神京屏翰进出路。

山海关古城　（河北省东北部）

山海相连筑关口，雄关第一锁咽喉。
关内关外必经路，古代兵家常驻守。
四大城门四城楼，万里长城老龙头。
固若金汤从未丢，三桂不战让对手。

蔚县古城 （河北省北部）

飞狐古道越太行，北上尽头筑屏障。
玉皇阁建城墙上，军事防御可瞭望。
鼓楼居中街四放，千年古塔顶天堂。
燕赵悲歌几回唱，蔚县古城名声扬。

六渡河村 （北京市怀柔区）

燕山脚下栗树海，六渡河村游人来。
清风拂面淌碧水，板栗宴香味道美。
六次渡河是先辈，以炭换粮栗树栽。
如今收入增千倍，城乡共织富民袋。

周窝村　（河北省衡水市武强县）

周窝村有乐器厂，男女老少会奏响。
铜管乐器上等样，乐器生意红火旺。
村人生来敢闯荡，自古外出敢经商。
音乐节会办村上，品牌经营赶时尚。

德胜村　（河北省张北县）

张库商道立村庄，德胜村里产业旺。
交易市场猪牛羊，坝上草原养殖场。
微型薯种富民账，光伏发电新能量。
粉墙黛瓦两层房，脱贫抒写新篇章。

小穿芳峪村 （天津市蓟州区）

穿芳峪村山谷藏，林间花海流水淌。
一户一景有别样，中式庭院香芬芳。
能人带动能力强，整体包院路敢闯。
京津后院共欣赏，八方来客人观光。

承德记事 （河北省东北部）

承德外围无墙梗，塞外之都造诣深。
避暑山庄外八庙，中华文化一脉承。
武烈河水热气蒸，多族聚居和共生。
民心相通互感恩，华夏不再修长城。

第十一集

关东往事

——吉林　辽宁　黑龙江

街津口村 (黑龙江省东部)

三面环山一面江，赫哲后人有村庄。
出江捕鱼遇风浪，种地产粮有保障。
英雄骑鹰莫日根，千百年来在传唱。
街津口村人坚强，外敌入侵敢抵抗。

查干哈达村 (辽宁省阜新市)

查干哈达多姓氏，蒙古民族聚居地。
建村缘因瑞应寺，莲花白塔年年祭。
老人协会善操持，睦邻佳节了百事。
村训家训睦邻里，寻财不如寻友谊。

雪村松岭 （吉林省临江市）

松岭半年为雪季，进出村庄牛爬犁。
齐鲁移民大迁徙，白山黑水目的地。
言传身教勤俭立，早出晚归饼充饥。
艰苦环境磨意志，一粥一饭要珍惜。

田庄台镇 （辽宁省中南部）

辽河千船运货忙，田庄台镇来客商。
交易采用豆腐账，相互信任比金强。
买卖做事讲良心，犯错成本很高昂。
掌柜守信守财箱，故事多年美名扬。

乌拉街满族镇（吉林省吉林市）

松花江畔乌拉街，青砖红瓦满族镇。
白花公主点将台，排兵布阵收都城。
努尔哈赤统女真，发祥之地尊为圣。
天寒地冻与天争，古镇走出多战神。

瑷珲古镇（黑龙江省黑河市）

瑷珲流过黑龙江，古朝版图就归唐。
清廷无能不抵抗，《瑷珲条约》国土让。
英雄之城有脊梁，抗俄抗日烽火旺。
一八五八风铃墙，警示后人不能忘。

营口辽河老街 （辽宁省营口市）

城在河海交汇处，辽河老街先开埠。
银锭差异交易阻，炉银统一便服务。
海鲜海味是食谱，妙语连珠讲评书。
李氏兄弟勇破釜，创办航运敢募股。

哈尔滨老道外 （黑龙江省哈尔滨市）

哈尔滨道分里外，先有外来后有内。
老道外是付家甸，闯关东人有后代。
创业安家学前辈，恶劣环境多应对。
老街西北有道台，道台守土不后退。

咏长春一汽厂（吉林省长春市）

黑土地上建厂房，造车不知啥模样。
工人领下军令状，敢变外行为内行。
夫妻上班造车忙，红旗精神在流淌。
解放牌车终出厂，《老司机歌》永传唱。

宁安古城（黑龙江省南部）

宁安古城东北方，望江楼望牡丹江。
流人古时命渺茫，大石桥路印沧桑。
百年民居红砖墙，火炕上面话家常。
英雄马骏有理想，烈士事迹馆堂讲。

长白山偶书（吉林省东南部）

长白山水毗邻朝，中朝邻邦互友好。
联合抗美友谊牢，国民都能听号召。
野产山参世上宝，治病救人一绝招。
门户互开通商贸，百姓生活步步高。

黑龙江记事

中华北端黑龙江，国之粮仓北大荒。
大庆石油供四方，铁人精神永放光。
林海雪原牡丹江，剿匪往事在传扬。
关东名城哈尔滨，盛夏炎季冰雕赏。

吉林记事

满州伪国修皇宫，战败俘虏末代皇。
起义将领郑洞国，辽沈决战长春降。
开国首建一汽厂，长影制片全国放。
白山避暑好地方，朝鲜要成友邻邦。

辽宁记事

沈阳故宫可游览，张家公馆早开放。
辽沈战役织大网，先打锦州是良方。
鞍山盘锦大连港，沈飞制造蓝天翔。
抗美援朝立大功，振兴东北领头羊。

锦州怀古 （辽宁省西部）

辽沈战役大决战，锦州设有纪念馆。
枪鸣炮响实景观，塔山阻击挑重担。
锦州攻城当机断，辽西围歼廖兵团。
雄师百万快入关，平津战役捷报传。

大连老虎滩 （辽宁省南部）

海滨大连美景观，景致优胜老虎滩。
百鸟朝阳飞往返，青涧长流水潺潺。
海豚立身步蹒跚，华尔兹舞真好看。
入海口处多石卵，铁索飞架可高攀。

大连观景 （辽宁省南部）

大连海岸有外滩，星海公园亮璀璨。
乘艇戏水好游玩，烟台隔海在对岸。
女子画妆爱打扮，花园城市几夺冠。
北方重工造大船，航母出海掀波澜。

兴城古城 （辽宁省西南部）

兴城原是宁远卫，山海关外护卫堡。
钟鼓楼即指挥部，明金攻防常拉锯。
红夷大炮显威武，努尔哈赤命难顾。
将士英勇城守住，一代忠良死蜚语。

葫芦岛览胜 （辽宁省西南部）

葫芦岛临渤海湾，依山傍海好游玩。
龙湾海滨处海畔，金塘水库真壮观。
清泉寺庙立柏山，姜女碣石民间传。
十八朝代古时管，时间最长属两汉。

大鹿岛村 （辽宁省东港市）

大鹿岛村大海处，开海之日人忙碌。
人多地少粮不足，耕海牧渔多收获。
殉国将士世昌墓，青山脚下埋忠骨。
渔家风情观日出，黄海生来一明珠。

四新村 （黑龙江省七台河市）

四新村庄北大荒，黑土地上稻谷香。

四季种植棚室养，瓜果蔬菜生意旺。

村史馆里往事讲，前辈创业志昂扬。

窝棚土炕泥草房，成就我国大粮仓。

横道子村 （吉林省通化市江东乡）

横道子村山谷处，长白山谷好沃土。

世代种莓生计谋，待客小鸡炖蘑菇。

闯关东人是先祖，垦荒造田能吃苦。

冰天雪地庄稼户，温室草莓增收入。

第十二集

北国风光

——内蒙古　宁夏　青海　新疆

赛汗托海村 (新疆维吾尔自治区天山中部)

赛汗托海逐草居，流动村庄游牧族。
放牧养草很知足，珍爱家园要保护。
土尔扈特老先祖，万里东归回故土。
减员十万受尽苦，始终不忘带敕书。

伊敏苏木 （内蒙古自治区呼伦贝尔市）

伊敏苏木称天堂，狩猎游牧草原上。
马棚马鞍骏马养，草原策马由马缰。
鄂温克人爱歌唱，伊敏河畔老故乡。
山林草原碧水淌，珍爱家园奶香长。

三兰巴海村 （青海省循化县）

三兰巴海黄河边，撒拉人居已多年。
骆驼泉水水清洌，先祖谋生敢东迁。
下海经商办企业，村民实干有经验。
家庭幸福日子甜，撒拉后人宽视野。

南长滩村 （宁夏回族自治区中卫市）

南长滩村大山处，黄河滩地一片绿。
枣树梨树不砍树，农田果园要保护。
拓氏家族世代住，家规祖训守规矩。
严规治家人自律，作奸犯科事例无。

单家集村　（宁夏回族自治区固原市）

开村先民是单姓，单家集村多回民。
清真寺在村中心，信教群众诵古经。
庭院相连挨得紧，彼此交往互相信。
回汉混居互为邻，兄弟称呼一家亲。

将台堡镇　（宁夏回族自治区西吉县）

左河右川将台堡，战时父前子在后。
家国寸土不能丢，千年古镇根本守。
红色记忆还保留，红军井里清泉流。
土地养人人长久，坚守土地有出路。

惠远古镇 （新疆维吾尔自治区西部）

威震西域惠远镇，四街连通四城门。
商贾云集繁华盛，兵家自古相互争。
伊犁将军是重臣，守土护边担责任。
五星红旗庄严升，巡逻站岗兵团人。

丹噶尔镇 （青海省东部）

丹噶尔镇重守信，茶马互市约口头。
东来茶叶和丝绸，南来皮毛手扒肉。
西东相望两座楼，海藏古道锁咽喉。
朱绣赴藏冒险走，履行承诺国土守。

可可托海镇（新疆维吾尔自治区富蕴县）

可可托海边疆镇，树木生长根石缝。
小镇发展因矿生，国家建设担重任。
两弹一星试验成，贡献巨大三号坑。
英雄矿镇英雄人，担当奉献传精神。

赛汗乌素镇　（内蒙古自治区乌海市）

赛汗乌素黄河畔，黄河西行有客栈。
红酒葡萄伴午餐，葡萄之乡沿河岸。
阳光天宇敢示范，生态农业可参观。
乡村振兴立标杆，榜样率先领海南。

科尔沁草原 （内蒙古自治区通辽市）

庄妃故里科尔沁，敞开胸怀笑相迎。
辅佐儿孙登大位，何惧人言后世评。
昔日过度搞开发，草原沙化风欺凌。
今朝还草又还林，蓝天白云绿成荫。

红山赤峰 （内蒙古自治区赤峰市）

赤峰会议聚佳宾，交流创收互取经。
红山沃土多能人，工商养种样样行。
喀拉沁旗王府井，大坂哈达远道迎。
传经送宝有典型，比学赶超争先进。

达茂草原　（内蒙古自治区包头市）

阴山固阳连达茂，茫茫草原风吹草。
那达慕会百灵庙，骑马射箭赛摔跤。
奶茶炒米酸奶酪，夜幕歌舞篝火照。
宿休营帐蒙古包，爽风细雨伴佳宵。

兴安览景　（内蒙古自治区兴安盟）

红色摇篮兴安盟，五一大会开新篇。
沐浴温泉阿尔山，游人不断紧相连。
林海珍宝遍山野，天池风光最亮眼。
察尔森水灌良田，实现小康在今天。

巴彦淖尔（内蒙古自治区巴彦淖尔市）

阳春踏青赏梨花，乌梁素海乘游船。
消暑解渴吃西瓜，临河水景赛江南。
黄河枢纽三盛公，完善水系好浇灌。
万顷良田多物产，巴彦淖尔米粮川。

昭君坟怀古（内蒙古自治区呼和浩特市）

昭君出塞使命担，阴山脚下和胡汉。
千年琵琶箫笛管，故乡远隔万重山。
侍寝单于两代传，红颜客老土默川。
青冢荒草塞外滩，后人应懂昭君难。

宁夏景致

塞外名城有银川，枸杞羔肉清真餐。
贺兰沙湖水洞沟，沙坡头连六盘山。
天下黄河富宁夏，稻谷飘香胜江南。
回汉儿女团结紧，宁夏迎来大发展。

苍天圣地阿拉善（内蒙古自治区阿拉善盟）

苍天圣地阿拉善，东风航天升飞船。
佛家朝拜有南寺，月亮湖能白日观。
昔日通交闻驼铃，今朝公路纵横贯。
沙漠绿洲胡杨林，游人游车堆如山。

沙漠英雄会（内蒙古自治区阿拉善盟）

阿拉善盟处塞外，八方车聚英雄会。
彩旗蔽日迎客来，大漠黄沙汇人海。
东坡沙头西坡台，选手冲浪演精彩。
夕阳西下落日辉，暮色苍茫赛未艾。

春游乌海湖（内蒙古自治区乌海市）

大漠落日放霞光，截河成湖清流长。
乘艇游湖行汪洋，远处山顶天骄像。
鸟藏芦苇筑巢忙，梨桃杏花皆开放。
晚来雨稀不湿裳，岸上传来歌高亢。

夏游乌海湖（内蒙古自治区乌海市）

炎炎烈日照不停，湖边纳凉养身心。
岸边听涛藏林荫，亭台品茶好心情。
万米车龙水中影，彩虹桥灯照通明。
城市发展正转型，水上新城不夜景。

秋游乌海湖（内蒙古自治区乌海市）

塞上河边乘游艇，风吹叶落知秋景。
夕阳光照甘山青，乌海湖面映倒影。
赤橙黄绿岸层林，鸟飞林中时时鸣。
丰收葡萄笑相迎，第二故乡也有情。

冬游乌海湖 （内蒙古自治区乌海市）

数九寒天吹北风，湖面结冰水封冻。
岸堤护林起作用，能挡沙尘刮向东。
湖东小区无烟囱，清洁供热御寒冬。
大气治理有首功，百姓安乐迎新春。

青海记事

春风吹过玉门关，春到青海绿杨柳。
塔尔寺庙传黄教，佛学示范作研究。
丝绸商贸青海路，汉使联络抗匈奴。
卫青出征战事休，张骞功封博望侯。

新疆一览

屯田戍边是兵团，石河子城最亮眼。

葡萄熟了吐鲁番，哈密城中瓜最甜。

天山南北好牧场，上等美玉产和田。

史书记载有楼兰，西域风情别样天。

寻古国楼兰旧址

（新疆维吾尔自治区鄯善县）

车至楼兰行不前，古国山河已变迁。

悠悠岁月湮旧迹，轶闻往事越千年。

古时征战马蹄疾，今朝路网纵横间。

戈壁滩上高楼建，南疆北疆换新颜。

观乌海湖 2018 首届帆板赛

（内蒙古自治区乌海市）

大漠长河海湖畔，帆板比赛首届办。
号令一发板离岸，选手竞游靠扬帆。
水中定向难中难，冲浪争先要有胆。
八方英雄技非凡，观众喝彩鼓掌赞。

登甘德尔山

（内蒙古自治区乌海市）

层林尽染黄河岸，甘德尔山迎登攀。
山顶高耸博物馆，天骄巨像面北端。
寺庙念经在坡南，观音菩萨北岭站。
眺望西边贺兰山，大漠大湖尽可观。

塞北黄河景（一）（内蒙古自治区乌海市）

塞北河边春雨疏，远望草色近却无。
河冰开融流凌浮，小舟横岸停古渡。
黄河几字无峡谷，冲积成滩好沃土。
农事一年先忙碌，早出晚归无闲户。

塞北黄河景（二）（内蒙古自治区乌海市）

昨夜窗外雨淅沥，街路积水变小溪。
烟笼远山传鸟啼，船泊河岸闻水气。
黄河滔滔流几字，流域两岸先治理。
截河成湖修坝堤，彩虹飞架连东西。

西北影视城抒怀（宁夏回族自治区银川市）

影城原是一羊栏，显亮创意真大胆。
荒凉也能大发展，八方游人年年览。
文化产业非高端，运筹谋划就能干。
历史人文变景观，开动脑筋并不难。

桌子山古岩画（内蒙古自治区乌海市）

古岩画在桌子山，太阳神画最亮眼。
原始生态图腾现，人类足迹近万年。
古址遗迹保护先，科考研究担在肩。
戈壁荒滩话变迁，文明早有在史前。

满巴拉寺庙　（内蒙古自治区乌海市）

满巴拉寺古僧庙，始建清代乾隆朝。
庙宇轩昂处山坳，一年四季香火绕。
藏传佛经有据考，蒙藏融合行医道。
蒙药蒙医医技高，治病救人有绝招。

西水一线天　（内蒙古自治区乌海市）

西水旁边景观现，高山裂缝一线天。
地缝观天有局限，蓝天白云成一线。
古树扎根灰石岩，野花随风飘山间。
游人游览留足迹，荒山野岭喜开颜。

乌海四合木 （内蒙古自治区乌海市）

远望茂盛一片绿，乌海荒滩四合木。
防风固沙保水土，世界罕有耐旱物。
珍稀物种要保护，立规立章严禁牧。
旅游开发不过度，绿色熊猫传千古。

参加乌达高尔夫球场活动

（内蒙古自治区乌海市）

昨夜喜雨挹轻尘，草绿湖清波荡漾。
拓展活动翻新样，分组比赛胜者奖。
高尔夫球乌达场，有人消遣有人忙。
盆满钵满别张扬，造福百姓不能忘。

赞乌海　（内蒙古自治区乌海市）

车在高路急速行，两边绿树长成荫。
生态建设加把劲，绿水青山创文明。
大气治理有首功，乌烟瘴气已散尽。
蓝天绿地留子孙，宜居宜业好环境。

咏六五四厂　（内蒙古自治区乌海市）

三个通用称机械，六五四厂小三线。
奋斗岁月忆当年，国防建设作贡献。
军工转产生蝶变，双菱气枪最亮眼。
帮助海峰勤训练，奥运夺冠开新篇。

乌海秋景 （内蒙古自治区乌海市）

一城绿荫又逢秋，大漠大湖互手牵。
沙枣树美围棚田，葡萄熟了迎笑脸。
垂柳枝条生万千，夕阳照下楼影斜。
农家乐里起炊烟，长河落日余晖现。

乌海湖秋景 （内蒙古自治区乌海市）

乌海湖阔波荡漾，四顾山光接水光。
甘德尔山天骄像，萧萧秋风送夕阳。
倚托高栏思何方，天涯一望哪是乡。
无边落叶添景装，不尽黄河滚滚长。

农场记事 （内蒙古自治区乌海市）

红墩二道烽火台，一段长城多雄伟。
狼烟升起情势危，将士严阵敌寇退。
农场馆里物件摆，知青奋斗有记载。
碱滩变成富民袋，科技兴农领未来。

咏　农

九九数尽布谷啼，田间土消又开犁。
鸡鸣夫妻下床起，天晓相伴到田地。
春时播下千粒籽，秋来可收万斤米。
千年田税皆取缔，农民种粮领补贴。

贺农民

四九解放送来喜，土改农民分到地。
铸鼎纪念要铭记，告别田税领补贴。
合作医疗可共济，养老国家能兜底。
乡村振兴标杆立，城乡融合共同体。

参观丰收节展览

丰收佳节秋又逢，物华天宝国昌盛。
红瓤西瓜免费品，荞面饸饹热气蒸。
葡萄葵子枣果闻，土豆白菜油花生。
春种秋收庆裕丰，天道酬勤不亏人。

游　园

昔日荒滩成园林，桃杏花开飘芳香。
万千嫩条捧柳杨，松柏常年着绿装。
池中游鱼逐细浪，远处孩童放筝翔。
笙笛歌舞起广场，枝头喜鹊叫夕阳。

赏　花

桃花先开杏花红，梨花如雪洁白净。
闲来兴致踏阳春，正是游览好光景。
蜂飞蝶舞成双行，梁祝同穴有约定。
痴人惜花自多情，年去年来白发新。

观公园新景观

五彩光灯喷水柱，映月湖中掀波澜。
顽童戏水闹翻转，老者驻足点首赞。
音响歌美人翩跹，游艺项多众围观。
创建文明要争先，好戏连台续不断。

中秋运动公园赏菊展

谁家园艺装景点，中秋菊展在眼前。
百花开尽菊花鲜，金菊黄色最亮眼。
千层草塔立林间，绿苔蛇矛直向天。
造型奇特运动园，居民游客共欢联。

秋游运动公园

绿茵坪中一道红，谁家喇叭朝天鸣。
人工造型有千种，盆花摆设生万景。
南门水池浮荷叶，高山北上斜石径。
山顶眺望歇凉亭，海湖壮阔笑相迎。

观公园老者

白发老者结伴行，如今变成单个人。
婚礼宴上盟偕老，到头哪知衾枕冷。
国家养老推新政，公园散步练健身。
手捻佛珠心系数，颐养精力盼长生。

老有所养

当年井下采煤工，如今成为一老翁。
年龄算来有八旬，晚年幸福勤健身。
十五连涨养老金，收入分配要平衡。
发展思路在调整，共同富裕是根本。

观校园

校门两边树成荫，接孩家长好心情。
德智体美都上进，书画练习加棋琴。
绿盔黑衣护卫警，孩童出校有人引。
穿街过路绿灯行，安全第一最要紧。

准旗怀古（内蒙古自治区鄂尔多斯市）

大辽洪州纳林筑，十二连城宋军驻。
东官府邸杨家湾，卜陶亥有王爷府。
解放大军过伊东，勇泉兵败神山俘。
新建政权沙圪堵，土改分田绘新图。

鄂尔多斯旅游歌

（内蒙古自治区鄂尔多斯市）

鄂西草原野茫茫，条条山川准格尔。
布龙湖地泡温泉，儿童去玩水世界。
植物园里看物种，动物园中观表演。
黄河流经老牛湾，龙口吐出太子滩。
巴图水湾尝鲜鱼，响沙湾上滚坡头。

古道成宫湖七星，五 A 景区有成陵。

花园城市康巴什，东胜百强榜上名。

羊煤土气贡献有，发展旅游要当头。

乌海旅游歌

包兰铁路乌海段，黄河明珠亮璀璨。

浩瀚黄沙嵌绿洲，滔滔水边立新城。

高楼林立排成行，街路整洁宽又敞。

小区门前绿公园，岸边林荫好休闲。

五虎群山埋乌金，桌子山藏古岩画。

红墩二道烽火台，西水旁边一线天。

清朝乾隆拉僧庙，藏传蒙医贵为宝。

三线军工造气枪，帮助海峰冠军当。

玩沙玩水金沙湾，休闲采摘蒙根花。

赛汗乌素红酒镇，西岸马家有堡城。

黄河枢纽乌海湖，拦洪蓄水电流输。

湖水浩汤起波涌，游艇似在汪洋行。

彩虹飞架东与西，开车要跑七公里。

总把海湖比西湖，海湖规划绘新图。

裸露山岗披绿装，通道两旁树成行。

山前站立观世音，后山佛寺僧念经。

缓缓索道升半山，巍巍山顶博物馆。

大漠茫茫无炊烟，长河落日余晖现。

甘德尔山天骄像，火树银花不夜天。

龙游湿地多鸟类，农家乐里有美味。

葡萄红酒来品尝，特产味道有别样。

经济城市双转型，发展旅游要先行。

喜庆正月

爆竹声声旧岁除，春风送暖万千户。
互邀饭局互祝福，点赞国强民又富。
宝马花灯龙戏珠，高跷秧歌狮子舞。
正月初一到十五，喜庆热闹拼全图。

赞朱日和练兵

塞外布阵练兵场，飞弹竖起射天狼。
雄鹰展翅遨天翔，多机一体固空防。
铁甲滚滚不可挡，突击健儿武艺强。
他日有人敢猖狂，定叫无回遭灭亡。

赞江西中煤集团乌海施工

乌海时令已入冻，江西中煤仍施工。
铁路下面挖桥洞，连接东西道路通。
吊机升降悬空中，砼墙铁壁能承重。
严把要求不松动，保证如期兑合同。

赞城市清洁工

农民进城当洁工，户口转正变市民。
街路积雪清扫净，群众方便好出行。
离开家乡新环境，工作认真多上进。
劳力流动想上升，技能培训要抓紧。

幼孙上网课

幼孙居家网课闻，怕得影响不应人。
老师传教有图文，互相交流对话声。
科技发展真迅猛，国家倡导新智能。
疫情难困小学生，网上上课是远程。

抗“疫”

新冠肺炎很特殊，肆虐传播害人苦。
道路设卡出行阻，居家隔离口罩箍。
通风洗手多防护，遇见熟人少招呼。
疫情何时能解除，还我自由无顾虑。

战　疫

疫情突袭形势紧，小区封闭扫码行。

设岗盘查量体温，警民一起在执勤。

居家隔离要报请，佩戴口罩好居民。

联防联控鼓足劲，阻击疫情定能赢。

黄河古渡口怀古（内蒙古自治区乌海市）

古渡口在黄河畔，对岸便是石嘴山。

桂英点将故事传，马蹄脚印迹斑斑。

天堑黄河路隔断，古时通行靠木船。

今朝大桥连两岸，过河容易不再难。

黄河兔岛 （内蒙古自治区乌海市）

黄河兔岛河东端，岛屿管辖归海南。
田亩几百枣果园，四面环水可浇灌。
野兔出没故事传，物种百样真稀罕。
登岛赏景人游览，自然遗产变景观。

李华中滩 （内蒙古自治区乌海市）

李华中滩河中段，黄河北去夹心滩。
李华故事世代传，勤劳致富留样板。
三千亩地绿盎然，旅游开发成景观。
鸟类繁多树千般，胡杨林美人点赞。

胡杨岛记事　（内蒙古自治区乌海市）

胡杨岛上胡杨林，因长胡杨起岛名。
大小六岛互为邻，小木舟船可穿行。
鸟飞林中时时鸣，夕阳西下树斜影。
长河一色水共饮，雌雄胡杨恋真情。

桌子山的故事　（内蒙古自治区乌海市）

桌子山名有来历，成吉思汗祭拜地。
指山为桌是巫师，大元王朝要统一。
黄河东湾群峰立，古树倒挂依石壁。
矿产富有天下稀，前人创业留足迹。

葡萄酒庄（内蒙古自治区乌海市）

乌海葡萄有酒庄，汉森红酒名声扬。
味道纯真实在棒，八方游客争品尝。
阳光田宇也同样，精品红酒窖中藏。
生产工艺有良方，获得亚洲银牌奖。

古驿站马堡店（内蒙古自治区乌海市）

古时驿站马堡店，漠北路上垒土间。
车马驼队互交接，峥嵘岁月近千年。
昔日繁华早湮灭，今朝开发又重建。
沙海旅游添景点，古道荒滩换新颜。

龙游湾湿地公园（内蒙古自治区乌海市）

黄河湿地龙游湾，候鸟迁徙中转站。

昔日荒凉一碱滩，今朝建设成公园。

芦苇丛中鸟产蛋，蛙鸣池中鱼互餐。

栈桥倚栏览景观，无喧无嚣回自然。

乌海黄河大坝（内蒙古自治区乌海市）

黄河北去乌海段，筑坝发电洪水拦。

库水汪洋行游船，沙水交汇成景观。

西边大漠沙漫漫，东边群峰山连山。

岸边植树层林染，碧水蓝天似江南。

陪友游乌海（内蒙古自治区乌海市）

阳春三月好光阴，陪友赏景消闲情。
大漠大湖拥抱紧，乌海风光望不尽。
春风不冷腿脚勤，手扙扶我路边行。
目穷千里登山顶，一城览尽塞外景。

贵德古城（青海省东部）

贵德古城依山岭，城如棋盘正方形。
四周树木绿山林，天下黄河贵德清。
玉皇阁在城中心，登阁瞭望可观景。
大禹故事传至今，黄河归道造福民。

贵德偶书

龙羊峡谷千溪会，黄河流水不复回。
贵德流过黄河水，先人筑城用土垒。
围堰造田学大寨，岸堤护林绿树栽。
昔日渡河羊皮袋，今朝出行全轮胎。

第十三集

乡思情深

村　居

一座院落方块田，狗吠鸡鸣下田间。
施肥引灌护好堰，耕作锄田管理遍。
春种秋收喜开颜，米糕羊肉丰收宴。
远方客人来相见，把酒相问何岁年。

兄居山村

吾有老兄年纪大，居住山村不搬家。
春种秋收无闲暇，逢人遇友话庄稼。
整家过日会谋划，儿孙满堂众人夸。
听说城乡一体化，振兴乡村别忘他。

勤劳奋斗

积善积德敬先祖，老爷庙沟世代住。
种田放牧苦读书，张家子弟人才出。
开渠造田建水库，百亩良田花果圃。
红顶砖房新农宿，勤劳奋斗榜样树。

回乡偶书

昔日房舍推整平，荒草杂石埋路径。
芳树满坡花自落，一路走来鸟空鸣。
空旷乡野无语声，旧时伙伴已移民。
少小离乡儿时景，古稀归来别样情。

乡愁（一）

老家大树有年头，昔日叶茂乘凉休。
今朝住民迁移走，独留树影空自愁。
阡陌无径难寻路，极目荒草无人收。
桃杏有情枝叶朽，花开花落任去留。

乡愁（二）

旧时故里草木深，老树相依互攀根。
桃杏花开有春风，果落满地无人闻。
千里之外赶行程，西梁平台祭祖坟。
幼时发小未现身，移民他乡早走人。

乡愁（三）

绿地春草发新芽，幼时充饥苦菜花。
红公鸡伴绿青蛙，早晨唱到夕阳下。
一道梁连几道洼，西梁住着老爹妈。
父亲勤劳扶犁耙，母亲省吃养儿大。

老家记忆（一）

老家坐落西坝梁，准达两旗相张望。
鸡鸣两地都起床，狗吠互传到远方。
梁上沟下常来往，大户人家李和张。
两家子弟上学堂，勤奋好学是榜样。

老家记忆（二）

老家东沟有口井，昔日村民挑水饮。
年久失修干涸尽，井函露出见底清。
沟深坡陡扁担重，少年家贫日子紧。
读书求学改命运，还乡归来新衣锦。

老家记忆（三）

捣兔沟有老油坊，胡麻黄芥麻子香。
油炸薯条猪灌肠，荞面油糕羊肉汤。
周家姑娘好模样，邻村后生常来望。
父母包办许配郎，委屈流泪嫁他乡。

乡 变

一道梁连几道沟，祖辈种田仅糊口。
土地贫瘠常歉收，灾荒来了往北走。
扶贫搬迁有盼头，移民易地住高楼。
坡梁植树绿油油，家乡修通高铁路。

思 乡

幼时生在小土炕，母亲喂奶双臂膀。
童年站在父肩上，观天数星望月亮。
梦里回乡好几趟，村口老树还原样。
坡上桃杏花芬芳，路边泥土分外香。

回　乡

路回车转到那梁，旧时故里在前方。
院落整平无围墙，四处难寻旧模样。
梁南准旗禁牧场，梁北达旗人放羊。
政策差异有影响，号令统一别两样。

恋　乡

德胜西在大川前，童年学校早拆迁。
荒草杂石四处见，心中滋味很难言。
幼栽小树已参天，少年队歌成经典。
外地生活几十年，乡土故里还留恋。

清明祭祖

先祖坝梁安灵寝，子孙祭祀逢清明。
千里迢迢履约定，大雪难阻归乡心。
昔日木车蜗牛行，今朝动车蛇钻引。
满坡松柏绿成荫，此处黄土胜王陵。

纪念父亲诞辰一百年

父亲诞辰百周年，每年清明去祭典。
生前育人要自立，身后未留半文钱。
居家生活要节约，艰苦奋斗能创业。
儿孙满堂全家福，家族兴旺可谱写。

岁月感言

时光荏苒如水流，岁月磨人黄花瘦。
昔日少年变老头，往事入梦常回首。
追逐利禄反被囚，虚度年华能高寿。
朋友聚会品美酒，目穷千里更上楼。

祝　福

李家孙女已长大，闺房梳妆要出嫁。
娶亲车队宝马驾，流光溢彩戴红花。
父母含泪送楼下，婿郎作揖言报答。
婚宴佳肴有酸辣，一对新人早生娃。

贺二宝生

李家媳妇生二孩，家人亲戚笑颜开。
生育放宽无阻碍，称心如意降人才。
添丁进口是家规，祖宗积德好口碑。
兄弟二人传血脉，一代一代接一代。

孝亲抚幼

日复一日在坚守，无怨无悔无薪酬。
小孙长大会开口，爷呼奶呼乐心头。
兄弟二人李家后，传宗接代放在首。
孝亲敬老抚养幼，良好家风永续留。

夜　吟

子时铃响唤梦醒，披衣掀帘观天星。
天河流水冷如冰，织女履约难成行。
地上灯火亮通明，风平树静长空晴。
夜半欲晓到五更，可惜楼院无鸡鸣。

自　慰

遥想当年少时娃，臂戴袖章走天下。
激扬文字冲劲大，社会顽疾敢笔伐。
青春年华献国家，任劳任怨不讨价。
老来想要益当壮，可叹青丝变白发。

祈 福

岳母卧床难合眼，人间定是可留连。
年近九十寻常见，若有仙丹活千年。
儿女轮流陪床前，声声呼唤无对言。
上苍有灵慈悲显，老人可免受熬煎。

悼念陈家岳母

陈家岳母与世别，妻子闻讯泪满脸。
年近九十难留饭，一觉未醒免熬煎。
慈母生前手中线，家庭富裕有贡献。
今日圆满寻夫见，黄泉相会续从前。

忆母校（一）

一中原本初中园，想要入学考试选。
农家子弟肯钻研，科目成绩排名前。
文革一闹迟毕业，停课上街搞串联。
兼学别样多锻炼，母校记忆常浮现。

忆母校（二）

五十年前旌旗掀，一中校园波澜现。
革命成为首当先，袖章军衣最亮眼。
辩论台上抒己见，大字报里批判言。
矛头直指封资修，誓言改造旧世界。

聚会感言

宗师一门无例外，同校同班数年载。
长大发展分别类，时位移人并不怪。
喜闻师生搞聚会，相隔千里也要回。
莫论攀比好心态，老年健康最实惠。

赠良师

早年谋生到乌海，携眷带子背离乡。
走南闯北交友广，不及师生情谊长。
孜孜不倦教有方，人生旅途不迷航。
把酒叙旧话家常，互祝身体要健康。

赠学长

学长少时就暗恋，深埋心底未发现。
同学聚会面对面，古稀白发吐真言。
世纪暗恋到今天，一语逗笑美人脸。
心心相印总有缘，哪怕轮回在来年。

旧事重提

少年言情多甜蜜，约会选在果树地。
老天总是违人意，阴差阳错没有戏。
聚会见面话今昔，人生大半已古稀。
风韵依旧舞步起，相看不厌还是你。

赠学友（一）

“文革”岁月结情谊，准中并肩学农医。
君东我西隔千里，惺惺相惜到古稀。
人生旅途多交际，共度劫波是兄弟。
高朋聚会常回忆，谈古论今通灵犀。

赠学友（二）

同窗苦读数年间，“文革”岁月结情缘。
结伴游欧开眼界，品评人世谈感言。
青春年华无私献，世态炎凉亲体验。
休问人间烦心事，身体健康益天年。

赠学友（三）

少年求学穷学生，长大成为亿富翁。
桃花依旧笑春风，时势总会造化人。
锦华烟云非戏文，钱多未必能安稳。
自己耕耘人收成，不如陪妻同床梦。

莫攀比

打工加班白了头，官二富二无忧愁。
别墅大院吃酒肉，棚户小屋喝米粥。
宝马豪车遍地有，我今还是双步走。
若要攀比无活路，心境自然荡悠悠。

诫友人

河东河西难料定，荣华富贵人生梦。
昨日还是座上宾，今朝沦为囚中人。
不义之财遭人恨，为官廉洁两袖风。
生前全心为百姓，身后方得好名声。

劝友人

长吁一声又短叹，一定遇事惹心烦。
儿孙生活儿孙担，何须老人来操盘。
老年健康值千万，累坏身体不划算。
说说唱唱解心宽，日子过得要舒坦。

颐养天年

微信群里常聊天，千里通话叙从前。
遥想当年闯世界，峥嵘岁月梦中现。
四季轮回经常见，人世变化生万千。
粗茶淡饭好睡眠，颐养弄孙益天年。

聚会偶书

盛情邀请话传递，千里迢迢回故里。
二八同窗坐一起，师生聚会叙情谊。
人生感悟非秘密，好好读书爱学习。
教子读书别忘记，人才辈出才是理。

相册寄语

二八同窗百家姓，淮中上学留下影。
良师执教有爱心，学子读书肯上进。
流水年华惜光阴，古稀白发相聚亲。
人生岁月总有尽，几度春秋难忘情。

淮中抒怀

二八同窗回淮中，物是人非梦牵魂。
风华正茂读雄文，伏几写作度青春。
暮年壮心夕阳红，人生旅途非黄昏。
老骥伏枥也圆梦，敢叫旧颜换新容。

结束语

七彩华夏

粤闽人家会富家，湘鄂汉子敢打拼。

吴越才子诗书画，川渝绣女会绣花。

鲁豫教化先开发，燕赵古风出义侠。

滇藏古道运叶茶，秦晋农耕扶犁耙。

皖赣风景如画挂，黔桂山水甲天下。

关东黑土贡献大，港澳回归按计划。

北国草原马文化，地大物博人人夸。

“台独”分子遭唾骂，两岸一家成正话。

七彩缤纷古华夏，神州一统归中华。